Segunda casa

Rachel Cusk

Segunda casa

tradução
Mariana Delfini

todavia

Certa vez, Jeffers, contei a você sobre o dia em que encontrei o diabo em um trem saindo de Paris e sobre como, depois desse encontro, o diabo que costuma ficar sob a superfície das coisas, imperturbável, se insurgiu e se derramou sobre cada parte da vida. Foi como uma contaminação, Jeffers: penetrou em tudo e se transformou em algo ruim. Acho que eu não tinha percebido de quantas partes é feita uma vida até cada uma dessas partes começar a desprender sua capacidade para o mal. Sei que você sempre soube a respeito dessas coisas e escreveu sobre elas, inclusive quando os outros não queriam ouvir e achavam irritante ocupar-se do que fosse mau e errado. E apesar disso você seguiu em frente, construindo um abrigo para as pessoas usarem quando as coisas dessem errado para elas também. E isso, dar errado, é uma coisa que sempre acontece!

O medo é um hábito como qualquer outro, e os hábitos matam o que é essencial em nós. Daqueles anos de medo, fiquei com uma espécie de vazio, Jeffers. Ainda esperava coisas me tomarem de assalto — ainda esperava ouvir a risada daquele diabo, a mesma que ouvi no dia em que ele me perseguiu para cima e para baixo no trem. Era o meio da tarde e fazia muito calor, os vagões estavam tão lotados que achei que eu poderia escapar dele simplesmente andando e indo para outro assento. Mas, a cada vez que eu mudava de lugar, alguns minutos depois lá estava ele à minha frente, esparramado e rindo. O que ele queria de mim, Jeffers? Ele tinha uma aparência horrível, era amarelo e inchado, olhos vermelhos e cor de bile, e quando ria mostrava dentes sujos e um dente completamente preto bem no meio. Usava brincos e roupas de dândi, encardidas pelo suor que escorria dele. Quanto mais suava, mais ele ria! E palrava sem parar, numa língua que eu não conseguia identificar — mas bem alto e cheia de sons que pareciam imprecações. Não era muito possível ignorar, e no entanto era exatamente isso o que todas as pessoas dos vagões faziam. Havia uma menina com ele, Jeffers, um serzinho perturbador, não passava de uma criança pintada que mal estava vestida — ela ficava sentada no joelho dele com a boca entreaberta e um olhar doce de um animal idiota enquanto ele a apalpava, e ninguém fazia ou dizia nada para impedi-lo. De todas as pessoas daquele trem, seria possível que a mais disposta a tentar algo seria eu? Talvez ele me seguisse para cima e para baixo nos vagões para me instigar a fazer isso. Mas eu não estava no meu país: estava apenas de passagem, voltando para uma casa na qual pensava com um pavor secreto, e impedi-lo não parecia ser minha responsabilidade. É tão fácil pensar que você não faz tanta diferença assim precisamente quando o seu dever moral como pessoa está mais evidente. Talvez, se eu o tivesse confrontado, todas as outras coisas que sucederam não teriam acontecido. Mas para variar pensei: outra pessoa que cuide disso! E é assim que perdemos o controle do nosso destino.

Meu marido Tony diz às vezes que subestimo meu próprio poder, e me pergunto se isso torna a vida mais arriscada para mim do que para outras pessoas, do mesmo jeito que ela é perigosa para quem não tem a capacidade de sentir dor. Muitas vezes pensei que há alguns tipos de pessoas que não conseguem ou não vão aprender a lição da vida e que eles vivem entre nós como um transtorno ou uma dádiva. Pode-se chamar de confusão ou pode-se chamar de mudança o que eles provocam — mas a questão é que, ainda que não queiram ou pretendam, eles a provocam. Estão sempre revolvendo, questionando, contrariando o status quo; eles não deixam nada em paz. Em si, não são maus nem bons — isso que é importante em relação a eles —, mas sabem distinguir o bom do mau quando o veem. Será por isso que o mau e o bom continuam a prosperar um ao lado do outro no nosso mundo, Jeffers, porque algumas pessoas não dão o braço a torcer para que o outro vença? Naquele dia no trem, decidi fingir que não sou uma delas. De repente a vida parecia tão mais fácil atrás dos livros e jornais que as pessoas seguravam diante do rosto para tirar o diabo da vista!

O fato é que depois disso muitas coisas mudaram, e para sobreviver a elas tive de usar toda a minha força, minha crença no que é certo e minha capacidade de sentir dor, de maneira que quase morri por causa disso — e depois eu já não era mais um transtorno para ninguém. Até minha mãe decidiu que gostava de mim por um momento. Então encontrei Tony e ele me ajudou a me recuperar, e quando me ofereceu a vida de paz e delicadeza aqui no pântano, o que foi que eu fiz, senão encontrar defeito na beleza e na paz e tentar alvoroçá-las?! Você sabe dessa história, Jeffers, porque a escrevi em outro lugar — a menciono apenas para ajudá-lo a ver como ela se relaciona com o que quero contar agora. A mim parecia que toda essa beleza não valia de nada se não estivesse protegida: se eu podia estragá-la, qualquer um poderia. Esse poder que tenho, seja lá qual for, não é nada comparado ao poder da estupidez. Esse foi e continua sendo meu raciocínio, ainda que eu pudesse ter aproveitado a oportunidade para viver aqui um idílio de impotência tranquila. Homero fala disso na *Ilíada*, quando menciona as casas agradáveis e as profissões dos homens abatidos na batalha, sem se esquecer de seus uniformes luxuosos, suas bigas e armaduras feitas à mão. Todo aquele cuidado nas plantações e edificações, todas aquelas posses, para serem retalhados por uma espada, dizimados na mesma rapidez em que se pisaria numa formiga.

Gostaria de voltar com você para Paris, Jeffers, para a manhã antes de eu embarcar no trem que levava o diabo inchado de olhos amarelos: gostaria de fazer com que você visse. Você é um moralista, e só um moralista vai entender de que maneira um dos fogos que começou naquele dia pôde continuar ardendo lentamente ao longo dos anos, de que maneira seu núcleo permaneceu vivo sem ser notado e se alimentou em segredo até o momento em que as circunstâncias da minha vida enfim se inflamaram e ele pegou nas coisas novas e reacendeu, voltando à vida. Aquele fogo se acendeu no início de uma manhã em Paris, onde uma aurora sedutora se estirava sobre as formas pálidas da Île de la Cité e o ar se mantinha numa paralisia absoluta, presságio de um dia bonito. O céu ficou azul e ainda mais azul, os bancos de folhagem verdes e frescos não se moviam no calor, os blocos de luz e sombra que dividem as ruas em dois eram como as formas primordiais e eternas que se estendem pelas encostas de cordilheiras e parecem vir de dentro delas. A cidade estava silenciosa e quase não havia gente ali, de modo que ela parecia mais que humana e só podia mostrar isso quando não havia ninguém para ver. Eu tinha passado acordada toda a noite curta e quente de verão, deitada na minha cama de hotel, e então quando vi o amanhecer por entre as cortinas, me levantei e desci para caminhar junto do rio. Parece presunçoso, Jeffers, para não dizer sem sentido, descrever minha experiência desse modo, como se ela tivesse algum tipo de importância. Com certeza tem alguém caminhando junto do mesmo trecho de rio neste minuto, cometendo igualmente o pecado de acreditar que as coisas acontecem por algum motivo e que esse motivo é ele mesmo! Mas preciso lhe dar uma ideia do meu estado mental naquela manhã, a sensação elevada de possibilidade que senti, para você entender no que isso deu.

Eu tinha passado a noite na companhia de um escritor famoso, que na verdade não era ninguém muito importante, apenas um homem de bastante sorte. Eu o conheci num vernissage de uma galeria de arte, e o esforço dele para me tirar dali afagou minha vaidade. Eu não chamava a atenção dos homens com muita frequência naquela época, ainda que fosse jovem e acho que atraente o bastante para isso. O problema era a minha fidelidade idiota de cachorro. Esse escritor era obviamente um egocêntrico insuportável, assim como mentiroso, e não dos muito convincentes; e eu, sozinha em Paris por uma noite, tendo à minha espera, em casa, uma filha e um marido me recriminando, estava tão sedenta por amor que parecia disposta a beber de qualquer fonte. Sério, Jeffers, eu era um cachorro — havia um peso tão grande dentro de mim que eu só conseguia me contorcer de um jeito estúpido, como um animal sentindo dor. Isso me mantinha presa nas profundezas, onde eu me debatia e me esforçava para me libertar e nadar para a superfície brilhante da vida — ao menos é o que parecia, olhando de lá debaixo. Na companhia do egocêntrico, me arrastando de bar em bar na noite de Paris, pela primeira vez flertei com a possibilidade de destruição, a destruição do que eu tinha construído; não por causa dele, posso te garantir, mas pela possibilidade que ele encarnava — que jamais tinha me ocorrido até aquela noite — de uma mudança violenta. O egocêntrico, permanentemente inebriado pela sua própria importância, deslizando balas de hortelã por entre os lábios secos quando pensava que eu não perceberia e falando sobre si mesmo sem parar: na verdade ele não me enganou, eu queria que tivesse me enganado, confesso. Ele me deu motivos suficientes para cair fora, mas é claro que não caí — entrei no jogo, acreditando nele em parte, o que claramente foi o máximo de sorte que ele já tinha conseguido em toda a sua vida. Nos despedimos às duas da madrugada na entrada do hotel, onde ele visivelmente — a ponto de se notar a falta de cavalheirismo — decidiu que eu não valia nenhum risco ao seu status quo, o que uma noite passada juntos poderia representar. E fui me deitar, me abracei com a memória de sua atenção, até que o teto pareceu sair voando do hotel, as paredes, desabar, e a imensa escuridão estrelada, me envolver com as consequências do que eu estava sentindo.

Por que vivemos com tanta dor nas nossas ficções? Por que sofremos tanto com coisas que nós mesmos inventamos? Você entende isso, Jeffers? Eu quis ser livre minha vida inteira e não consegui libertar nem um dedinho do pé. Acredito que Tony seja livre, e a liberdade dele não parece grande coisa. Ele monta em seu trator azul para cortar o capim alto que precisa ser podado para a primavera, e eu o observo indo tranquilamente para cima e para baixo, com seu chapéu amorfo sob o céu, para lá e para cá em meio ao barulho do motor. Ao seu redor rebentam cerejeiras, os nozinhos nos galhos se esforçando para explodir em flor para ele, e a cotovia se lança no céu quando ele passa e fica pairando ali, cantando e rodopiando como uma acrobata. Enquanto isso, fico apenas sentada, olhando para o nada à minha frente, sem ter o que fazer. Isso foi tudo o que conquistei no que diz respeito a liberdade, me livrar das pessoas e das coisas de que não gosto. Depois disso, não sobra muita coisa! Quando Tony está trabalhando a terra, eu desperto e vou cozinhar para ele, vou buscar ervas no jardim e pegar batatas no galpão. Naquela época do ano — a primavera —, as batatas que estocamos no galpão começam a brotar, ainda que as mantenhamos em escuridão completa. Elas expõem esses bracinhos brancos carnudos porque sabem que é primavera, e às vezes olho para uma delas e percebo que uma batata sabe mais do que a maioria das pessoas.

Na manhã depois daquela noite em Paris, quando me levantei e caminhei junto do rio, eu mal sentia o chão debaixo dos pés: a água verde cintilante, os muros de pedra inclinados e gastos de um bege clarinho, o sol nascente brilhando neles e em mim à medida que eu passava, tudo isso conformava um cenário tão vaporoso que eu parecia não pesar nada. Fico me perguntando se é essa a sensação de ser amada — me refiro ao amor importante, aquele que você recebe antes de saber, estritamente falando, que você existe. Minha segurança naquele momento parecia não ter limites. O que foi que eu vi, me pergunto, que me fez sentir assim, quando na realidade a última coisa que eu podia dizer era que estava em segurança? Quando na verdade eu tinha vislumbrado o gérmen de uma possibilidade que logo iria crescer e avultar como um câncer na minha vida, consumindo anos, consumindo substância; quando algumas horas depois eu estaria sentada frente a frente com o diabo em pessoa?

Devo ter vagado por um bom tempo, porque quando voltei para a rua as lojas estavam abertas e havia pessoas e carros passando sob o sol. Eu estava com fome, então comecei a prestar atenção nas vitrines, procurando um lugar para comprar alguma coisa para comer. Não sou boa nessas situações, Jeffers: acho difícil responder às minhas próprias necessidades. Ver outras pessoas indo atrás do que elas querem, se acotovelando e pedindo coisas, me faz decidir que é melhor ficar sem. Eu recuo, constrangida pela necessidade — a minha e a das outras pessoas. Isso soa como uma qualidade ridícula, e eu sempre soube que seria a primeira a ser pisoteada numa situação de crise, ainda que tenha observado que crianças também são assim e acham as necessidades do seu próprio corpo constrangedoras. Quando digo isso a Tony, que eu seria a primeira a baquear porque não brigaria pela minha parte, ele ri e diz que não concorda. Chega de autoconhecimento, Jeffers!

Seja como for, não havia muitas pessoas circulando naquela manhã em Paris, e nas ruas por onde eu andava, que ficam mais ou menos perto da Rue du Bac, não tinha de todo modo nada para comer. Em vez disso, as lojas estavam cheias de tecidos exóticos, antiguidades, raridades da época colonial que custavam muitas semanas de salário de pessoas comuns, e um perfume específico que, imagino, era o perfume do dinheiro, e eu examinava as vitrines conforme passava como se tão cedo naquela manhã estivesse considerando comprar uma imensa cabeça africana de madeira entalhada. As ruas eram verdadeiros abismos de luz e sombra, e me certifiquei de estar sempre no sol, caminhando sem nenhum outro objetivo ou direção. Então vi, à minha frente, uma placa que tinha sido colocada na calçada, e nessa placa havia uma imagem. A imagem, Jeffers, era uma pintura de L e fazia parte da propaganda de uma exposição de suas obras em uma galeria próxima. Mesmo à distância identifiquei que havia algo nela, ainda que até agora não saiba bem dizer o quê, porque, embora já tivesse ouvido falar de L, eu não fazia muita ideia de quando ou como eu tinha ouvido falar dele, nem de quem ele era ou o que pintava. E, mesmo assim, ele me tocou: ele me abordou ali, naquela rua de Paris, e segui as placas uma depois da outra até chegar à galeria, cruzar a porta aberta e entrar.

Jeffers, você deve estar querendo saber qual pintura escolheram para a propaganda e por que ela me afetou dessa maneira. Não há um motivo específico, à primeira vista, para a obra de L atrair uma mulher como eu, ou talvez qualquer mulher — mas menos ainda, com certeza, uma jovem mãe prestes a se insurgir, cujos anseios impossíveis ficam mais claros, só que no sentido oposto, pela aura de liberdade absoluta que as pinturas dele emanam, uma liberdade essencial e inflexivelmente masculina até a última pincelada. Trata-se de uma pergunta que exige uma resposta, e ainda assim não há uma resposta clara e satisfatória para ela, a não ser que essa aura de liberdade masculina pertence igualmente à maioria das representações do mundo e da nossa experiência humana nele, e que nós, mulheres, crescemos acostumadas a traduzi--la em algo que possamos reconhecer por nós mesmas. Pegamos nossos dicionários e deslindamos isso, e evitamos algumas das partes que não conseguimos interpretar ou entender, e mais outras a que sabemos não ter direito, e *voilà!*, nós participamos. É um caso de elegância emprestada, e às vezes pura e simplesmente de imitação; e, sem nunca ter me sentido tão feminina assim, acredito que o hábito da imitação penetrou mais fundo em mim do que qualquer outro, a ponto de alguns aspectos meus parecerem mesmo ser masculinos. O fato é que desde muito cedo entendi a mensagem clara de que tudo teria sido melhor — teria sido correto, teria sido como deveria ser — se eu tivesse sido um menino. E apesar disso nunca encontrei nenhuma função para essa parte masculina, como L depois me mostrou, na época de que vou lhe falar.

A pintura, aliás, era um autorretrato, um dos retratos impressionantes de L, em que ele se mostra à mesma distância que costumamos ficar de um desconhecido. Ele parece quase surpreso por ver a si mesmo: olha de relance para o desconhecido, de um jeito tão objetivo e sem compaixão quanto qualquer olhar de relance que se dê na rua. Está usando um tipo comum de camisa xadrez e o cabelo dele está penteado para trás e dividido, e apesar da frieza do ato de percepção — que é uma frieza e uma solidão cósmicas, Jeffers —, a tradução desses detalhes, da camisa inteira abotoada, do cabelo penteado, da expressão neutra sem a reação do reconhecimento, é a coisa mais humana e adorável do mundo. Ao olhar para ela, a emoção que senti foi pena, pena de mim mesma e de todos nós: o tipo de pena sem palavras que uma mãe sente por seu filho mortal, que no entanto ela penteia e veste com tanto carinho.

Pode-se dizer que ela deu um toque final ao meu estado esquisito e exultante — me senti caindo para fora da moldura em que eu tinha vivido durante anos, a moldura do comprometimento humano em um conjunto determinado de circunstâncias. A partir de então, deixei de estar imersa na história da minha própria vida e me tornei diferente dela. Eu tinha lido meu Freud o suficiente para ter aprendido com ele como tudo isso era besteira, mas foi preciso que a pintura de L me fizesse *ver* isso. Em outras palavras, vi como eu era sozinha, e vi a dádiva e o fardo desse estado, que nunca tinham me sido verdadeiramente revelados antes.

Jeffers, você sabe que me interesso pela existência das coisas antes de termos consciência delas — em parte porque tenho dificuldade em acreditar que elas *de fato* existem! Se você sempre recebeu críticas, desde quando consegue se lembrar, é mais ou menos impossível se localizar no tempo ou espaço antes das críticas: em outras palavras, é impossível acreditar que você mesmo exista. A crítica é mais real que você: ela parece tê-lo criado, na verdade. Acredito que há muitas pessoas por aí com esse problema na cabeça, e isso leva a diferentes tipos de complicações — no meu caso, levou ao divórcio entre meu corpo e minha mente desde o princípio, quando eu tinha apenas alguns anos de idade. Mas o meu ponto é que existe algo que pinturas e outros objetos criados podem fazer para oferecer algum alívio. Eles lhe dão uma posição, um lugar para estar, quando no resto do tempo o espaço lhe foi tirado porque a crítica chegou antes. Mas não incluo nisso coisas criadas com palavras: pelo menos para mim elas não têm o mesmo efeito, porque precisam passar pela minha mente para chegar até mim. Minha fruição das palavras tem que ser mental. Você me perdoa por isso, Jeffers?

Não havia vivalma além de mim na galeria naquela manhã cedo, e o sol passou pelas janelas grandes e fez poças brilhantes no chão no silêncio, eu fiquei dando voltas tão alegremente quanto um fauno numa floresta no primeiro dia da criação. Era o que eles chamam de uma "grande retrospectiva", que parece significar que você enfim se tornou importante o suficiente para morrer — ainda que L mal tivesse quarenta e cinco anos então. Havia pelo menos quatro salas grandes, mas eu as devorei, uma depois da outra. Cada vez que avançava até um quadro — dos menores esboços até as maiores paisagens —, eu tinha a mesma sensação, a ponto de pensar que seria impossível senti-la de novo. Mas eu sentia: de novo e mais uma vez, quando me deparava com a imagem, a sensação vinha. O que era isso? Era um sentimento, Jeffers, mas era também uma frase. Depois do que acabei de dizer sobre palavras, pode parecer contraditório que palavras acompanhassem a sensação de modo tão definitivo. Mas não fui eu que encontrei essas palavras. As pinturas as encontraram, em algum lugar dentro de mim. Não sei a quem elas pertenciam nem mesmo quem as falou — apenas que foram faladas.

Muitas pinturas retratavam mulheres, e uma mulher em especial, e meus sentimentos em relação a essas pinturas eram mais reconhecíveis, ainda que, até nesse caso, de algum modo indolores e incorpóreos. Havia um pequeno esboço em carvão de uma mulher adormecida na cama, seu cabelo escuro era um mero borrão de esquecimento na roupa de cama bagunçada. Confesso que uma espécie de lamento amargo e silencioso surgiu no fundo do meu coração ante esse registro de paixão, que parecia definir tudo o que eu não tinha conhecido na minha vida, e eu me perguntava se algum dia chegaria a conhecer. Em muitos dos retratos maiores, L pinta uma mulher bem carnuda, de cabelo escuro — muitas vezes ele está na pintura com ela —, e fiquei me perguntando se esse borrão na cama, quase apagado pelo desejo, era a mesma pessoa. Nos retratos ela costuma usar algum tipo de máscara ou disfarce; às vezes parece amá-lo; em outras, apenas tolerá-lo. Mas o desejo dele, quando vem, a extermina.

Foi nas paisagens, porém, que ouvi mais alto a frase, e foram essas imagens que ficaram ardendo lentamente na minha cabeça ao longo dos anos até chegar o momento sobre o qual quero contar, Jeffers, quando o fogo de novo irrompeu por toda a minha volta. A religiosidade das paisagens de L! Se a existência humana pode ser uma religião, ela é isso. Quando pinta uma paisagem, ele está se lembrando de como é olhar para ela. Essa é a melhor descrição que consigo fazer das paisagens, ou de como eu as vi e de como elas me fizeram sentir. Você com certeza faria muito melhor. Mas o ponto é você entender como foi que a ideia de L e suas paisagens retornaram depois de todos esses anos e em outro lugar, quando eu estava morando no pântano com Tony e pensando de uma maneira bem diferente. Percebo agora que me apaixonei pelo pântano de Tony porque ele tinha exatamente essa mesma característica, a característica de algo lembrado, que compartilha e é inextricável do momento de ser. Nunca consegui capturar isso, e não sei por que precisava que isso fosse capturado de todo modo, mas esse exemplo de determinismo humano é bom o bastante por enquanto!

Você deve estar se perguntando, Jeffers, qual foi a frase que brotou das pinturas de L e se revelou a mim tão claramente. Foi: *Eu estou aqui*. Não vou dizer o que acho que as palavras significam, ou a quem se referem, porque isso seria tentar impedi-las de viver.

Certo dia escrevi para L, convidando-o para vir ao pântano:

Caro L,
Richard C me passou seu contato — acho que ele é nosso amigo em comum. Conheci sua obra quinze anos atrás, quando ela me tirou da rua e me colocou no caminho para um outro entendimento da vida. E literalmente! Hoje em dia, eu e meu marido Tony moramos em um lugar de uma beleza imensa mas sutil, onde artistas parecem muitas vezes encontrar a força de vontade, a energia ou apenas a oportunidade para trabalhar. Gostaria que você viesse até aqui para ver este lugar através dos seus olhos. Nossa paisagem é um desses enigmas que atraem as pessoas e que, por fim, elas não conseguem apreender. É cheia de desolação, consolo, mistério, e ela ainda não contou a ninguém seu segredo. Duas vezes por dia o mar sobe e cobre o pântano, enche suas enseadas e frinchas e leva embora — ou assim gosto de pensar — as evidências de seus pensamentos. Caminhei pelo pântano todos os dias nesses últimos anos e nenhuma vez ele pareceu ser o mesmo lugar da véspera. Sempre tentam pintá-lo, é claro, mas o que acabam pintando são os conteúdos de suas próprias mentes — tentam encontrar emoções, ou uma história, ou um ponto de exceção nele, quando coisas desse tipo são apenas secundárias

em sua personalidade. Penso no pântano como o peito amplo e lanoso de algum deus ou animal adormecido, cujo movimento é o movimento profundo e lento da respiração sonâmbula. Essas são apenas as minhas opiniões, mas confio nelas o suficiente para suspeitar de que você talvez compartilhe delas e de que exista algo aqui para você — e talvez apenas para você.

Nossa casa é simples e confortável e temos uma segunda casa, onde as pessoas podem ficar e permanecer bem sozinhas se assim desejarem. Recebemos, um após o outro, uma boa quantidade de hóspedes aqui, que vêm realizar seus próprios tipos de trabalhos. Às vezes ficam uns dias, às vezes, meses. Não temos uma agenda e até o momento não precisamos de uma — tudo caminha bem naturalmente. Repito que você pode ficar completamente sozinho se assim desejar. O verão é a melhor época e é quando recebemos mais pedidos de visitantes. Caso tenha algum interesse em vir, posso escrever com mais detalhes sobre onde estamos, como é nossa vida, como chegar aqui etc. Ficamos bem isolados, ainda que exista uma cidadezinha a alguns quilômetros de distância, onde você pode fazer compras se achar necessário. As pessoas dizem muitas vezes que este é um dos últimos lugares.

M

Ele respondeu, Jeffers, quase de imediato, o que foi um pouco surpreendente. Me fez pensar em quem mais eu conseguiria convocar simplesmente apontando minha força de vontade em sua direção!

M

Recebi seu recado e o li no terraço daquele novo restaurante de Malibu, protegendo meus olhos de um pôr do sol sanguinolento que me remeteu a fogo eterno e enxofre. Estou em LA para montar minha nova exposição, que abre dentro de duas semanas. A poluição é uma obscenidade. Seu pântano lanoso pareceu agradável, na comparação.

Faz anos que não vejo Richard C. Não sei o que ele anda fazendo.

Por acaso estou sozinho e disponível para tentar alguma coisa diferente. Gostaria de experimentar alguma coisa. Talvez seja isso que você está sugerindo. Eu me pergunto o que foi que você viu que a tirou da rua.

De todo modo, me passe as coordenadas. O lugar que você descreveu parece isolado, mas nunca encontrei um lugar em que eu pudesse ser mais livre e sozinho do que Nova York. Não há realmente ninguém, ou essa cidadezinha que você mencionou é um reduto de um grupinho de gente da arte?

De todo modo, aguardo sua resposta.

L

P.S.: Minha galerista disse que esteve num lugar que talvez seja onde você está. Será que é possível? Pela sua descrição, não pareceu um lugar a que ela iria.

Respondi, contando mais de Tony e de mim, da vida aqui e do que ele podia esperar de nós, e tentando descrever como era a segunda casa. Eu me certifiquei de não exagerar, Jeffers: Tony me ensinou que meu hábito de querer agradar as pessoas dizendo que as coisas são melhores do que são de fato apenas gera frustração, minha mais que de qualquer outra pessoa. É uma forma de ter controle, como tantas vezes é a generosidade.

Construímos a segunda casa quando Tony comprou um lote de terreno baldio que fazia fronteira com nosso terreno para evitar que acabassem fazendo mau uso dele. As regras de edificação são rígidas aqui, mas é claro que as pessoas encontram maneiras de burlá-las. A mais comum é plantar árvores para depois cortá-las e vendê-las, árvores pálidas e sem seiva que crescem rápido e retas como soldados e que são então rapidamente derrubadas também como soldados, de modo que aquilo que sobra é uma bagunça de tocos amputados. Não queríamos ver esses pobres soldados marchando para a morte pelas nossas janelas dia e noite! Então o compramos, imaginando transformá-lo em natureza, mais ou menos, mas quando começamos a limpar os arbustos de amora silvestre e as árvores caídas, deparamos com uma história bem diferente. Tony conhece um grupo de homens que se ajudam quando é preciso realizar algum trabalho físico. Algumas dessas touceiras de amora tinham seis metros de altura, Jeffers, e elas arranhavam os homens até a morte tentando se defender, mas, quando foram cortadas, havia todo tipo de coisas escondidas debaixo delas. Encontramos um lindo barco a vela meio estragado, com o casco formado de tábuas sobrepostas, dois carros antigos clássicos e por fim uma cabana inteira enterrada debaixo de uma montanha de hera! Foi o invólucro de uma vida o que descobrimos, que se completava com uma vista para o pântano mais agradável do que a nossa. Muitas vezes fiquei pensando sobre a pessoa que viveu aquela vida que tinha sido tão completamente esquecida que ela pôde, literalmente, apodrecer e voltar para a terra. Os carros estavam em estados profundos e interessantes de decadência, e nós os deixamos lá e aparamos o capim ao redor deles para que se tornassem objetos em exposição; a mesma coisa o barco, que estava no alto de uma rampa com a proa levantada em direção ao mar. Achei o barco um pouco melancólico, já que parecia estar sempre chamando alguém ou algo muito distante; mas os carros continuaram a se arruinar majestosamente ao longo do tempo, como se decididos a buscar sua própria verdade. A cabana estava bastante sórdida e bastante triste, e nós logo percebemos que ela teria de ser reformada para se livrar daquela espécie de tristeza tão terrivelmente humana. O interior dela estava todo escurecido pelo fogo, e os homens acreditavam na teoria de que ali estava escrito o destino do titular anterior. Então eles puseram tudo abaixo e a reconstruíram com as próprias mãos, seguindo as orientações de Tony.

Você e Tony nunca se conheceram, Jeffers, mas acredito que se dariam bem: ele é muito prático, como você, e não é burguês e de modo algum negligente, no sentido de que a própria alma da maior parte dos homens burgueses é negligente. Ele não tem a fraqueza da negligência, tampouco tem necessidade de negligenciar algo para ter poder sobre ela. Ele tem algumas Certezas, porém, que têm origem no conhecimento e na posição específicos dele e que podem ser bastante úteis e reconfortantes até você se ver discordando de uma delas! Nunca conheci nenhum outro ser humano tão pouco atormentado pela vergonha como Tony e tão pouco interessado em fazer os outros sentirem vergonha de si mesmos. Ele não faz comentários e ele não critica, e isso o coloca em um oceano de silêncio em comparação com a maioria das pessoas. Às vezes o silêncio dele me faz sentir invisível, não para ele, mas para mim mesma, porque, como contei, fui criticada a vida toda: é como passei a saber que existo. Mas por eu ser uma de suas Certezas, ele tem dificuldade de acreditar que eu possa duvidar da minha própria existência. "Você está me pedindo para criticá-la", ele diz às vezes no fim de um dos meus rompantes. E isso é tudo o que ele diz!

Estou contando tudo isso, Jeffers, porque tem a ver com a construção da segunda casa e com o uso que decidimos dar a ela, que era um lar para as coisas que ainda não estavam aqui — as coisas elevadas, ou assim eu as imaginava, que eu tinha passado a conhecer e com que começara a me importar de um jeito ou de outro na minha vida. Não quero dizer com isso que pretendíamos começar algum tipo de comunidade ou utopia. Simplesmente Tony entendeu que eu tinha meus próprios interesses e que não era porque ele estava satisfeito com a nossa vida no pântano que eu automaticamente também estaria. Eu precisava de certo grau de relação, ainda que pouca, com os conceitos de arte e com as pessoas que acatam esses conceitos. E essas pessoas vieram, e se relacionaram, ainda que sempre parecessem acabar gostando mais de Tony do que de mim!

Quando as pessoas se casam ainda jovens, Jeffers, tudo evolui a partir da raiz compartilhada da juventude delas, e é impossível definir o que é você e o que é a outra pessoa. Então, se um tenta se apartar do outro, esse corte percorre desde as raízes até as pontas mais distantes dos galhos, um processo que é uma carnificina e parece deixá-lo com metade do que você era antes. Mas, quando você se casa mais tarde, o que se vê parece mais o encontro de duas coisas que se formaram em separado, como um esbarrão de um no outro, como massas inteiras de terra esbarraram uma na outra e se fundiram ao longo das eras geológicas, deixando cordilheiras imensas e dramáticas como prova de sua fusão. É menos um processo orgânico e mais um acontecimento espacial, uma manifestação externa. As pessoas podiam viver em torno de mim e de Tony e nunca conseguir adentrar e habitar o cerne escuro — vivo ou morto — de um casamento verdadeiro. Nossa relação tinha muita abertura, mas também apresentava algumas dificuldades, desafios naturais que precisavam ser superados: era preciso construir pontes e cavar túneis para fazer chegar ao outro algo além do que já estava preestabelecido. A segunda casa era uma dessas pontes, e o silêncio de Tony fluía ininterruptamente abaixo dela, como um rio.

Ela fica depois de um aclive suave, acima da casa principal, separada por uma clareira de árvores através da qual o sol penetra toda manhã em nossas janelas; e através dessas mesmas árvores o sol se põe à tarde, penetrando nas janelas da segunda casa. Essas janelas vão do chão ao teto, de modo que a imensa faixa horizontal do pântano e a dramaticidade dele — suas amplas passagens de cor e luz, a armação de suas tempestades distantes, a imensa deriva de pássaros marinhos que flutuam ou se acomodam sobre seu couro como manchas brancas, o mar que às vezes fica rugindo na mais distante linha do horizonte numa espuma branca fervente e às vezes avança reluzente e silencioso até ter coberto tudo com um lençol vítreo de água — parecem estar bem ali dentro da sala com você.

As janelas eram uma das Certezas de Tony, e eu discordei dele e fui contra as janelas desde o início, porque acreditava que uma casa, antes de tudo, deve ser acolhedora e permitir que, estando dentro dela, se esqueça o exterior. A falta de privacidade me perturbava, principalmente de noite, quando as luzes estavam acesas e quem estivesse lá dentro poderia esquecer que podia ser visto nitidamente. Tenho muito medo de ver as pessoas quando elas não sabem que estão sendo observadas e descobrir coisas sobre elas que eu preferiria não saber! Mas para Tony uma vista tem uma espécie de significado espiritual, não como algo que se descreve ou sobre o qual se fala, mas como algo com que se vive harmonicamente, de maneira que ela devolve o seu olhar e é incorporada em tudo o que você faz. Quando ele está cortando lenha ou preparando o solo para os vegetais, eu o vejo parar, levantar os olhos para o pântano por um tempo, depois voltar para o que estava fazendo; e assim, junto com os vegetais nós comemos o pântano, e com ele nos aquecemos de noite nas nossas fogueiras.

Tony não me dava ouvidos em relação às janelas e chegou ao ponto de agir como se de fato não *conseguisse* me ouvir, e depois, sempre que eu mencionava o assunto e falava sobre a quantidade de problemas que elas provocavam, ele me escutava em silêncio e então dizia: "Eu gosto delas". Imagino que essa fosse sua maneira de admitir que talvez estivesse errado. Na primeira vez em que recebemos um visitante, um músico que estava tentando gravar e reproduzir padrões de cantos de pássaros e que transformou o lugar em um estúdio cheio de caixas pretas grandes e painéis fantásticos com botões e luzes piscantes, fui até lá por entre as árvores para levar uma correspondência que tinha chegado e lá estava ele, completamente nu diante do fogão, fritando ovos! Eu teria recuado, mas ele me viu pelas janelas da mesma maneira que eu o tinha visto, e ele teve de ir até a porta pegar a correspondência, ainda sem nada cobrindo o corpo, porque obviamente decidiu que era melhor fingir que nada fora do comum tinha acontecido.

Ou talvez nada *tenha* acontecido, Jeffers — talvez o mundo seja cheio de gente como Tony e esse homem, que pensam que não há por que se preocupar em ver e ser visto, com ou sem roupas!

Depois desse episódio, fui autorizada a pendurar cortinas e fiquei muito orgulhosa daquelas lindas cortinas feitas de linho grosso claro, ainda que eu soubesse que elas feriam os olhos de Tony cada vez que ele as via. O chão era feito de tábuas largas de castanheira que os homens plainaram e lixaram; as paredes, de estuque branco áspero, e todos os armários e prateleiras foram feitos com a mesma madeira de castanheira, de modo que o lugar todo dava uma sensação de ser muito humano e natural, todo jeitoso, cheio de texturas e com um cheiro adocicado, e de modo algum funcional e anguloso como muitos lugares novos são. Fizemos uma sala grande com fogão, lareira, algumas cadeiras confortáveis e uma mesa comprida de madeira para comer e trabalhar; e outro cômodo menor para dormir, além de um banheiro com uma banheira bonita e antiga de ferro fundido que encontrei num bricabraque. Era tudo tão novo e encantador, eu mesma queria me mudar para lá. Quando estava pronto, Tony disse:

"Justine vai pensar que fizemos esse lugar para ela."

Bem, não posso dizer que não tivesse me ocorrido imaginar o que minha filha pensaria do nosso trabalho, mas com certeza não passou pela minha cabeça que ela pudesse acreditar que tinha sido para ela! Assim que Tony falou isso, no entanto, eu soube que ele estava certo e imediatamente me senti culpada, mas ao mesmo tempo decidida a não ter algo roubado de mim. Esses dois sentimentos, sempre vindo juntos, para me debilitar e aprisionar — eles me perturbam desde o início, quando Justine chegou a este mundo e parecia querer ocupar o lugar que era meu, só que eu tinha chegado ali primeiro. Nunca me apaziguei com o fato de que, assim que você se recuperou da sua própria infância, rastejou enfim para fora desse buraco e sentiu o sol no rosto pela primeira vez, tem que abrir mão desse lugar ao sol em nome de um bebê que você está decidida a impedir que sofra como você, e então se arrasta de novo para outro buraco em que sacrifica a si mesma para ter certeza de que ele não vai sofrer! Naquela época, Justine tinha acabado a faculdade e ido trabalhar em uma empresa em Berlim, mas muitas vezes voltava para nos visitar parecendo levemente inquieta, com um aspecto fugaz de necessidade imediata, como alguém numa estação lotada olhando em volta e procurando um lugar para se sentar enquanto espera o trem. Não importava se era muito bom o lugar que eu encontrava para ela, ela sempre preferia aquele em que eu estava sentada. Eu ficava me perguntando se já deveríamos lhe oferecer a segunda casa de uma vez e acabar com essa história, mas eis que ela se apaixonou por um homem chamado Kurt e nem voltou naquele verão, e nossa vida de receber visitantes no pântano começou.

Obviamente não repassei essa história antiga na minha carta para L, falei apenas do que ele parecia precisar saber em relação a ela. Houve algumas semanas de silêncio, enquanto a vida seguia em frente como de costume, e então do nada ele escreveu que vinha, e vinha já no mês seguinte! Por acaso e por sorte não receberíamos ninguém naquele momento, então Tony e eu nos apressamos e pintamos as paredes, enceramos o chão, limpamos as janelas da segunda casa com jornal e vinagre até elas ficarem brilhando. As primeiras flores tinham acabado de rebentar nas cerejeiras depois do inverno e a clareira estava espumando com as adoráveis flores brancas e cor-de-rosa; cortamos alguns galhos e os ajeitamos em imensos potes de cerâmica, e até acendemos a lareira. Meus braços doíam de limpar aquelas janelas, e caímos duros na cama naquelas noites, mal conseguindo cozinhar alguma coisa para comer.

Então L escreveu de novo:

M

No fim das contas, decidi ir para outro lugar. Um conhecido meu tem uma ilha que ele disse que posso usar. Parece que é uma espécie de paraíso. Então eu vou, e vou tentar ser Robinson Crusoé por um tempo. É uma pena que não possa visitar o seu pântano. Toda hora encontro alguém que conhece você e eles dizem que você é legal.

L

Bem, aceitamos a situação, Jeffers, mas não direi que a esqueci — o verão se revelou o mais quente e mais glorioso em anos, acendemos fogueiras de noite, dormimos do lado de fora debaixo de céus latejando de estrelas, nadamos nas enseadas formadas pela maré, e eu ficava imaginando como teria sido se L estivesse lá conosco, como ele teria olhado para tudo isso. Em vez de L, veio um escritor ficar na segunda casa, e nós mal o vimos. Ele passava o dia todo lá dentro com as cortinas fechadas, até nos dias mais quentes — acredito que estivesse dormindo! Mas muitas vezes eu pensava em L em sua ilha e sobre que tipo de paraíso ela seria, e, ainda que nossa própria casa fosse mais ou menos paradisíaca naquele verão, senti inveja ao pensar nisso. Era como se uma brisa ficasse bafejando em mim, trazendo um odor torturante de liberdade — e essa mesma tortura de repente parecia ter me incomodado e perseguido por tempo demais da minha vida. Senti que eu tinha desmontado tudo e corrido para lá e para cá tentando começar alguma coisa, da maneira que, ao ser picada por uma abelha, uma pessoa rasga suas roupas e sai correndo, revelando sua agonia para quem não sabe qual é o problema. Fiquei tentando fazer Tony falar comigo sobre isso — eu sentia uma necessidade candente de falar, analisar, tirar esses sentimentos de dentro de mim e despejá-los onde eu pudesse vê-los e evitá-los. Certa noite, quando Tony e eu estávamos indo deitar, me atirei para cima dele com raiva e disse as coisas mais terríveis, sobre como me sentia sozinha e acabada, sobre como ele nunca dedicou a mim a atenção que faz uma mulher se sentir uma mulher e apenas esperava que eu meio que parisse a mim mesma o tempo todo, como Vênus saindo de uma concha. Como se eu soubesse alguma coisa sobre o que faz uma mulher se sentir uma mulher! No fim, fui caminhando com gestos largos até o andar de baixo para dormir no sofá, fiquei ali deitada e refleti sobre o que eu tinha dito e sobre como Tony nunca faz nada para me machucar ou me controlar, e por fim subi correndo as escadas, me joguei na cama com ele e disse:

"Ah, Tony, me desculpe por ter falado essas coisas tão horríveis. Sei como você é bom para mim e nunca quero machucá-lo. É só que às vezes eu preciso conversar para me sentir real, e queria que você conversasse comigo."

Ele estava quieto, deitado de costas na escuridão e encarando o teto. Então ele disse:

"Eu sinto que meu coração está conversando com você o tempo todo."

É isso, Jeffers! Realmente penso que, para Tony, conversa e fofoca são um veneno, e esse é um dos motivos para as pessoas que vêm aqui gostarem tanto dele, porque ele age como um tipo de antídoto para o costume delas de envenenar a si mesmas e aos outros e faz com que se sintam muito mais saudáveis. Mas para mim existe, *sim*, um tipo saudável de conversa, ainda que seja raro — o tipo de conversa por meio da qual as pessoas criam a si mesmas ao se expressar. Muitas vezes tive esse tipo de conversa com os artistas e outras pessoas que vieram para o pântano, ainda que eles fossem bastante capazes da conversa venenosa também e conversassem desse modo por boa parte do tempo. Houve situações suficientes de empatia de um com o outro, de transcendência do nosso próprio eu e de conexão através da linguagem para que eu não me importasse com isso.

No outono, me surpreendi ao receber outra carta de L:

M

Bom, o paraíso não é tudo aquilo que parecia ser. Cansei de toda aquela areia. Além disso, fiz um corte que infeccionou e precisei ser resgatado por um hidroavião e levado para um hospital. Passei seis semanas no hospital, uma perda de tempo. A vida acontecendo do outro lado da janela. Agora estou indo para o Rio, para minha exposição lá. Nunca fui para esse canto do mundo, mas parece que pode ser divertido. Talvez eu fique durante o inverno.

L

Eu mal tinha me acalmado de novo e agora precisava passar dia e noite com o Rio de Janeiro na cabeça, todo aquele calor, o barulho, a concupiscência, toda aquela libertinagem! A chuva tinha começado a cair, as árvores perderam as folhas e os ventos do inverno gemiam pelo pântano. Às vezes eu tirava da estante o catálogo das obras de L, olhava para as imagens e sentia a sensação que elas me traziam. E, claro, houve um milhão de outras vertentes de vida e coisas que aconteceram e ocuparam nossos pensamentos e sentimentos, mas é a minha dinâmica com L que me interessa aqui e quero que você entenda, Jeffers. Não quero dar a impressão de que eu pensava nele mais do que de fato pensava. Os pensamentos dedicados a ele — que na verdade eram dedicados a sua obra — eram cíclicos, como um ato de consumação. Eles consumavam meu eu solitário e forneciam a ele um tipo de continuidade.

Ainda assim, meio que desisti da ideia de L vir em algum momento para onde eu estava e olhar para este lugar com seus próprios olhos, o que teria levado essa consumação a um ponto definitivo e me dado — ou assim eu acreditava — uma versão da liberdade que eu quis durante minha vida toda. Ele me escreveu algumas vezes durante o inverno, me contando sobre tudo que estava fazendo no Rio, e uma vez até me convidou para ir até lá! Mas eu não tinha intenção alguma de ir ao Rio nem a lugar algum, e a carta me irritou porque ela me banalizou e também porque o tom dela me obrigou a escondê-la de Tony. Acho que o que ela queria dizer era que ele de algum modo estava com medo de mim, e me tratar como supostamente tratava outras mulheres era um modo de se sentir seguro.

Os acontecimentos daquele inverno são do conhecimento de todos, e por isso não preciso repassá-los, a não ser para dizer que sentimos muito menos o impacto deles do que a maioria das pessoas. Já tínhamos simplificado a nossa vida, mas para outros esse processo de simplificação foi brutal e angustiante.

A única coisa que realmente me irritava era que ir para qualquer lugar não era mais uma coisa fácil — não que costumássemos ir a qualquer parte, para falar a verdade! Mas senti a perda dessa liberdade mesmo assim. Você sabe, Jeffers, que não pertenço a nenhum país em particular e não sou exatamente cidadã de lugar algum, então me veio um sentimento de aprisionamento ao saber que tinha de ficar onde estava. Isso também dificultou para que as pessoas viessem nos visitar, mas àquela altura Justine tinha sido obrigada a voltar de Berlim e tinha trazido Kurt com ela, então demos a segunda casa para eles morarem, como tinha sido ordenado desde o início.

Na primavera, recebi uma carta.

M

Bom, e não é que as coisas ficaram completamente malucas? Talvez não para você. Mas eu fiquei bem zoado, como minha amiga inglesa gosta de dizer. É como se o valor das coisas tivesse sido varrido como uma camada de pó. Perdi minha casa, além da minha propriedade no campo. De todo modo, nunca senti que elas pertencessem a mim. Outro dia ouvi alguém falando na rua que esse pandemônio global vai mudar completamente a personalidade do Brooklyn. Ha ha!

Você ainda tem espaço? Acho que consigo ir até aí. Sei de um jeito. Preciso de algum dinheiro para ficar aí?

L

Por ser em parte uma história sobre força de vontade e sobre as consequências de colocá-la em prática, você vai perceber, Jeffers, que tudo que determinei que acontecesse, aconteceu, mas não como eu queria! Essa é a diferença, suponho, entre um artista e uma pessoa comum: o artista consegue criar a réplica perfeita de suas próprias intenções fora de si. O restante de nós cria apenas uma bagunça ou alguma coisa irremediavelmente rija, por mais brilhantemente que a tenhamos imaginado. Isso não quer dizer que não tenhamos, nós todos, algum compartimento no qual conseguimos nos realizar de modo instintivo, nos jogar sem pestanejar, mas fazer as coisas existirem permanentemente é um feito de outra ordem. O que mais se aproxima disso para a maioria das pessoas é ter um filho. E em lugar algum nossos erros e limitações estão expostos com mais clareza do que nesse caso!

Reuni Justine e Kurt e expliquei a eles o que houve e que eles precisariam se mudar para a casa principal, no fim das contas — e é claro que Justine quis saber por que em vez disso L não poderia ficar conosco na casa. Bem, eu não sabia dizer exatamente por que ele não poderia, mas só de pensar nisso — eu, Tony e L vivendo todos bem perto — senti uma vontade de me encolher, e essa sensação era tão ruim quanto a perspectiva de tentar explicar a Justine. Isso fez eu me sentir velha, mais velha que o monumento mais antigo, que é a maneira como as crianças fazem você se sentir quando você ainda se imagina capaz de provocar um sentimento original só seu de vez em quando. A linguagem me falta completamente nesses momentos, a linguagem parental que, de um jeito ou de outro, me abstive de atualizar e manter, de tal modo que é como se um motor enferrujado não desse partida quando você precisa dele. Eu não queria ser mãe de ninguém naquele momento!

Kurt veio ao meu socorro, inesperadamente. Até aquele momento eu não tinha tido muito contato com ele, pensando que não era da minha conta quem ou o que ele era, ainda que ele tivesse um jeito de demonstrar que estava pensando uma coisa bem diferente daquela que estava dizendo quando falava com você, e eu não tinha certeza de que gostava muito disso. Me parecia que, se você fizesse mesmo isso, não era algo de cuja obviedade deveria se orgulhar. Ele era bem magro e delicado, se vestia de um jeito muito elegante e havia algo de pássaro no pescoço longo e frágil, no rosto bicudo e na bela plumagem dele. Ele se voltou para Justine, tombou a cabeça daquele jeito de pássaro e disse:

"Mas, Justine, eles não podem dividir a casa com um desconhecido."

Foi um gesto nobre, Jeffers, levando-se em conta que ele mesmo era mais ou menos um desconhecido, e fiquei satisfeita por ter meu ponto de vista sintetizado daquela maneira — fez com que me sentisse mais sã, afinal. E Justine, muito obediente, pensou no assunto por um minuto e então concordou que não, ela achava que não podíamos mesmo, de maneira que a boa educação de Kurt teve até o efeito inesperado de expor as boas maneiras da minha própria filha — fiquei bastante impressionada. Bem que ele podia ter se livrado daquele olhar dissimulado e ambíguo ao fazer isso.

Recebemos outra carta curta de L, confirmando seus planos e nos dizendo a data de sua chegada. Então Tony e eu fomos preparar a segunda casa, com apenas um pouco menos de fé dessa vez, porque, afinal de contas, receber um visitante nesse momento parecia uma bênção. As cerejeiras estavam de novo espumando em rosa e branco na clareira, lanças de sol primaveril se erguiam altas em meio aos troncos e nossos ouvidos eram embalados pelo som dos pássaros cantando enquanto trabalhávamos; e conversamos sobre o ano que tinha praticamente se passado desde que fizemos aqueles preparativos pela primeira vez para L e o aguardamos, tão inocentes. Tony confessou que, desde então, até ele passou a querer que L viesse; de fato me surpreendi muito ao ouvir isso e me sobreveio uma lucidez de como o amor é uma fraqueza fatal, pois Tony não é o tipo de pessoa que interfere minimamente no curso das coisas, por saber que tomar para si o trabalho do destino é assumir toda a responsabilidade por suas consequências.

Uma das dificuldades para contar o que aconteceu, Jeffers, é que o ato de contar vem depois do acontecimento. Isso pode soar tão óbvio a ponto de ser imbecil, mas com frequência penso que existem muitas coisas para contar tanto sobre o que você *pensou* que aconteceria quanto sobre o que de fato aconteceu. Mas, ao contrário do diabo, essas antecipações não costumam ganhar o espaço que merecem no texto: sempre são eliminadas, mais ou menos com a mesma rapidez com que são eliminadas na vida. Se tentar, consigo me recordar do que eu esperava do encontro com L e de como pensava que seria estar perto dele e viver junto dele por um período. Imaginava que seria escuro, de algum modo, talvez por haver tanta escuridão em suas pinturas e por ele usar a cor preta de maneira tão estranha, vigorosa e alegre. Acredito também que, naquelas poucas semanas, eu tenha devaneado em torno dos anos pavorosos anteriores a Tony, nos quais eu não pensava mais com muita frequência. Aqueles anos tiveram início, por assim dizer, com as pinturas de L e meu encontro fervoroso com elas naquela manhã ensolarada em Paris. Isso agora seria então algum tipo de conclusão grandiosa do mal daquela época, um sinal de que agora minha recuperação estava completa?

Dias antes da chegada de L, esses sentimentos me levaram a conversar com Justine, de uma forma mais franca do que eu jamais havia feito, sobre o que tinha acontecido. Não que a franqueza de uma mãe ou pai seja garantia de alguma coisa! Acredito que, de modo geral, as crianças não se importam com as verdades de seus pais e desde muito cedo formaram suas opiniões ou formularam crenças mentirosas que nunca poderão ser contrariadas, uma vez que toda a sua concepção da realidade é baseada nelas. Consigo acreditar em todo tipo de negação obstinada, autoilusão e incapacidade de dar nome às coisas, quando se está entre parentes, porque é nisso que se sustenta nossa autoconfiança, e pelos fios mais tênues. Em outras palavras, havia algumas coisas que Justine não suportaria saber, e assim ela não se permitiu sabê-las, ainda que suas duas motivações — ficar perto de mim o tempo todo e desconfiar de mim — sempre contradissessem uma à outra.

Nunca senti uma necessidade específica de estar certa, Jeffers, nem de vencer, e levei muito tempo para reconhecer que isso fazia de mim alguém singular, principalmente no campo da parentalidade, em que o egocentrismo — tanto o narcisista quanto o da vitimização — são protagonistas. Às vezes parecia que, onde deveria haver egocentrismo, eu tinha a oferecer apenas um imenso vácuo de autoridade. Minha atitude em relação a Justine foi mais ou menos igual a todas as minhas atitudes: determinada pela crença teimosa de que, no fim, a verdade será reconhecida. O problema é que pode levar uma vida inteira para esse reconhecimento ocorrer. Quando Justine era mais nova, havia na nossa relação uma sensação de maleabilidade, de um processo ativo, mas agora que ela era uma mulher jovem, era como se o tempo tivesse acabado abruptamente e estivéssemos congeladas nas posições que por acaso tínhamos assumido no momento em que ele parou, como o jogo em que todo mundo tem que se aproximar discretamente do líder e congelar no momento em que ele se vira para trás. Ali estava ela, a externalização da minha força vital, imune a mais alterações; e ali estava eu, incapaz de explicar para ela como foi que ela se tornou quem é.

O relacionamento dela com Kurt, contudo, trazia uma nova perspectiva para a situação. Eu disse que ele adotou essa atitude de um conhecimento prévio diante de mim e encarei isso como a expressão da soma de tudo que Justine havia contado para ele a meu respeito e que ele não teria como saber. De início ele também tratou Tony como um caso especial, um tipo de esquisito exótico, e tinha o hábito exasperante de exibir um sorrisinho discreto no rosto enquanto observava Tony falar de suas coisas. Tony respondia a isso com a carta da masculinidade, obrigando Kurt a aceitá-la.

"Kurt, você me ajuda a empilhar a lenha?", Tony dizia, ou "Kurt, as cercas do campo lá embaixo estão precisando de um conserto, e isso é trabalho para dois homens."

"É claro!", dizia Kurt, com um ar levemente irônico, levantando-se pressuroso da cadeira e dobrando a barra das suas calças lindamente vincadas.

Como era de esperar, ele logo desenvolveu um apego infantil por Tony e passou a se vangloriar de suas habilidades manuais e sua praticidade, mas Tony não ia liberá-lo tão facilmente.

"Tony, será que deveríamos ir até os canteiros perto do pomar dar uma olhada neles? Vi que as ervas daninhas estão começando a invadir", ele dizia quando Tony estava sentado lendo o jornal ou sem fazer nada.

"Agora não", Tony respondia, completamente inabalável.

Sabe, Jeffers, Tony se recusa a ver qualquer coisa como um jogo, e por ser assim ele revela quanto as outras pessoas jogam ou como toda a sua concepção de vida tem origem na subjetividade do estado de jogar. Se por vezes isso significava que ele não conseguia absolutamente fazer parte da diversão, não importava: o ponteiro sempre voltava para a direção dele, porque no fim das contas viver é coisa séria, e sem o bom senso e a praticidade de Tony, a diversão, de um modo ou de outro, acabaria bem rápido. Mas eu gostava de diversão e queria me divertir, e eu não era prática como Tony, então muitas vezes me vi sem ter nada a fazer. Nada a fazer! Me queixo disso desde que vim morar no pântano. Parece que passo muito tempo apenas... esperando.

Decidi tentar conhecer Kurt e me vi diante de um obstáculo intransponível logo de início.

"Kurt, como é a sua família?"

"Tive sorte de não vir de uma família desfeita."

"O que a sua mãe faz? Como ela passa os dias?"

"Minha mãe é um destaque em sua área, assim como criou muito bem a família. Eu a admiro mais do que a qualquer pessoa que conheço."

"E seu pai?"

"Meu pai montou seu próprio negócio e agora tem tempo para fazer as coisas de que gosta."

E assim por diante, Jeffers, ad infinitum — todas essas coisas positivas, cada uma trazendo dentro de si um caquinho de vidro que parecia ter sido colocado ali só para mim. Justine era surpreendentemente complacente em relação a Kurt, uma esposinha, e largava o que estivesse fazendo à menor palavra dele e ia acudi-lo. Às vezes, ao observá-los caminhando juntos pela clareira ou em direção ao pântano, as cabeças inclinadas, eles pareciam aos meus olhos quase idosos, um velhinho e uma velhinha fazendo um balanço da vida deles na outra margem. Ela até levava chá para ele na cama de manhã! Mas os dois tinham perdido o emprego e precisavam de dinheiro, e por mais que gostássemos de tê-los conosco, até eles bolarem um novo plano, estavam vivendo da nossa terra e com nosso dinheiro — e todos nós sabíamos disso.

L escreveu para dizer que chegaria de barco! Ficamos um tanto intrigados com esse anúncio, uma vez que a maioria dos barcos de passageiros de longa distância ainda não estava funcionando naquele momento, e tínhamos pensado que ele viria de alguma outra maneira. Mas era isso — ele disse que chegaria na cidade portuária que fica a duas horas de carro ao sul de onde estávamos, nós poderíamos ir buscá-lo?

"Deve ser um barco particular", disse Tony, dando de ombros.

Chegou o dia, e Tony e eu pegamos o carro, deixando Justine e Kurt entregues a si mesmos até o fim da tarde, quando estaríamos de volta. Eles aceitaram preparar o jantar para nós, e fiquei me perguntando como seria esse jantar com L ali. O "carro" não é propriamente um carro, Jeffers, é mais uma caminhonete — uma coisa velha quadradona com rodas imensas que atravessam e atropelam qualquer coisa, e por isso é muito prática, menos na estrada, onde ela começa a sacudir e sacolejar assim que você passa de sessenta quilômetros por hora. Além disso, o assento traseiro é minúsculo, nada além de uma prancha, e eu já tinha decidido que eu mesma o ocuparia na longa viagem de volta para casa e deixaria que L se sentasse na frente com Tony. Avançávamos lentamente por toda aquela distância, e Tony e eu nos certificávamos de parar de vez em quando e sair da caminhonete, para que nossos cérebros remexidos pudessem se reacomodar. A estrada acompanha mais ou menos a costa, e o cenário é impressionante, despencando e se precipitando por tudo, os imensos morros redondos e verdes correndo em direção ao mar, com bosques antigos em suas dobras. O clima de primavera estava tão agradável, e quando saímos da caminhonete a brisa que vinha da água soprava bastante aprazível. O céu parecia uma vela azul acima de nós, as ondas batiam no litoral embaixo, a superfície da água tinha aquela resplandecência que anuncia acertadamente o verão. Estávamos felizes por estarmos juntos, Tony e eu — o encargo do nosso isolamento é logo compensado em momentos como esses. Aquela paisagem verde vertiginosa, tão cheia de movimento e luz, faz um contraste imenso com a sutileza das baixas altitudes do nosso pântano, ainda que ela fique bem próxima, ao sul de onde moramos: ir até lá sempre nos anima e energiza, e ainda assim não vamos tanto quanto poderíamos. Por que será, Jeffers? O padrão de mudança e repetição está tão profundamente ligado à harmonia específica da vida, e o exercício da liberdade está sujeito a ele, como a uma disciplina. As mudanças devem ser servidas com moderação, como um vinho forte. Eu tinha muito pouca consciência desse tipo de coisa na minha vida antes de Tony: não fazia ideia de como as coisas tinham acontecido da maneira como aconteceram, por que num instante eu estava entupida de sensações e no seguinte, ávida por elas, de onde vinha minha solidão ou alegria, quais escolhas faziam bem e quais faziam mal para minha saúde e felicidade, por que eu fazia coisas que não queria e não conseguia fazer o que queria. Entendia menos ainda o que era felicidade e como eu poderia conquistá-la. Pensava que fosse um simples afrouxamento, uma liberação, quando na verdade — como você bem sabe — ela é o dividendo que resultou de uma obediência incansável às leis da criação e do domínio igualmente incansável delas. Os dedos rigorosamente treinados do pianista de concerto são mais livres que o coração escravizado de um melômano jamais poderá ser. Talvez isso explique por que artistas geniais podem ser pessoas tão horríveis e decepcionantes. A vida raramente oferece tempo ou oportunidade suficientes para se ser livre de mais de uma maneira.

Chegamos à cidade com antecedência, comemos nossos sanduíches sentados na mureta do mar, então na hora marcada descemos até o porto para encontrar L. Ficamos na área de desembarque e perguntamos quais barcos estavam previstos para chegar, mas ninguém parecia saber de nenhum que talvez trouxesse L. Nos acomodamos para uma longa espera:

uma vez que não sabíamos exatamente *como* ele chegaria, não tínhamos muita expectativa em relação à pontualidade.

Preciso tentar descrever como éramos, Jeffers, para que você possa imaginar essa chegada do ponto de vista de L. Tony, pelo menos, não é absolutamente uma pessoa comum no que diz respeito à aparência! Ele é muito grande e alto, forte devido aos trabalhos físicos que realiza, e tem um cabelo branco comprido que, se não fôssemos eu e minha tesoura, jamais seria cortado. Ele conta que o cabelo ficou branco quando ele ainda tinha uns vinte anos. É bem bonito e sedoso, quase feminino, e tem um tom levemente azulado. A pele dele é escura, a única pessoa de pele escura em quilômetros; ele foi adotado, ainda bebê, por uma família do pântano. Não faz ideia de sua origem e nunca tentou descobri-la. Seus pais não lhe disseram que foi adotado e ninguém nunca falou disso, e ele conta que, como viviam uma vida relativamente isolada, só aos onze ou doze anos ele entendeu o que significava ter uma cor diferente da dos pais! Já vi fotos de nativos norte-americanos, e ele parece definitivamente ser um deles, mas não sei como isso é possível. Ele é mais feio que bonito, com a persistência e a dignidade da feiura, mas no conjunto constitui uma entidade bonita, se é que você me entende. Ele tem um rosto grande com traços fortes e marcantes, à exceção dos olhos, que são pequenos, duros e parecem focados em algo muito distante. Os dentes são tortos, por falta de dentista na infância. Ele se lembra da infância como um tempo muito feliz. Cresceu perto da casa em que moramos agora e não ia de fato à escola, uma vez que seus pais tinham suas próprias ideias em relação à educação e eles mesmos lhe davam aulas, em casa. Eles tinham outro filho, este biológico, um menino da mesma idade de Tony, e esses dois meninos cresceram juntos, um de pele branca e outro, escura. Nunca conheci o irmão de Tony e não sei praticamente nada sobre ele, apenas que foi embora do pântano quando fez dezoito anos e nunca mais voltou. Sinto que houve uma discussão entre eles, mas não sei sobre o quê. A partir de algumas poucas coisas que Tony me contou, deduzo que ele tenha sido o filho preferido. Eu me pergunto como é adotar uma criança e então preferi-la à sua própria. De algum modo, isso me parece completamente compreensível. Os pais morreram, os dois ao mesmo tempo — eles se afogaram, Jeffers, em uma das subidas da maré que às vezes irrompem na nossa costa e podem apanhar desprevenidas até mesmo as pessoas totalmente acostumadas com o terreno. Era verão e eles tinham saído juntos de barco, e o mar subiu e os levou embora. Tony também sempre sai com o barco, para pescar, colocar armadilhas para caranguejos e lagostas, mas acredito que lá no fundo ele sinta medo.

Tony nunca comprou — até onde sei — qualquer peça de roupa, uma vez que por acaso o pai adotivo e o avô dele eram homens também grandes e deixaram um estoque suficiente de roupas para que Tony raramente abrisse o guarda-roupa e sentisse que algo lhe faltava. O que, no entanto, resulta em certa excentricidade em termos de vestimentas: nessa ocasião específica — na viagem para buscar L —, ele estava usando um dos ternos do avô, completo, com um colete de xadrez escocês e uma corrente de relógio de bolso. Com sua estatura enorme, o longo cabelo branco e o rosto escuro e rústico, ele deve ter parecido bem inquietante — estou tão acostumada que nem sempre me dou conta. Já eu estava decerto vestida como sempre, de preto ou branco, não me lembro. Gosto de usar roupas macias, drapeadas e sem forma, em camadas que posso acrescentar ou tirar, dependendo do clima. Nunca entendi muito de moda e sempre achei particularmente impossível lidar com o elemento da escolha, então para mim foi maravilhoso perceber que eu podia vestir tudo de uma vez, e ao limitar as cores a branco e preto nunca mais precisei pensar na parte estética.

Você sabe como eu sou, Jeffers, e naquela época eu era como antes e como sou hoje. Sempre fui muito fatalista no que diz respeito à aparência, como se o tempo todo eu embaralhasse e desembaralhasse as mesmas cartas, embora nos anos difíceis, antes de conhecer Tony, eu tenha perdido um tanto do baralho em termos de peso, que nunca recuperei. Naquele dia no porto, as cartas foram dadas de acordo com o padrão dos meus cinquenta anos. Havia alguns vincos no meu rosto, mas não tantos assim: a pele oleosa que na juventude me atormentava me protegeu das rugas nessa etapa da vida, um exemplo raro de justiça no destino dos homens. Meu cabelo comprido estava um pouco grisalho, sempre penso que isso me dá um aspecto horrível de bruxa, mas, em relação à minha aparência, Tony faz questão de que eu não corte nem tinja meu cabelo, e é a única coisa de que ele faz questão, e no fim das contas é mesmo ele quem tem que ficar olhando para o meu cabelo. Naquele dia, no dia da chegada de L, me lembro de estar atipicamente consciente do sentimento de que nunca desfrutei da minha beleza, considerando que eu tenha alguma. A beleza sempre me pareceu algo que eu deveria procurar, que eu tinha perdido por um tempo ou algo que eu desejava — em alguns momentos, ela parecia imanente, mas nunca tive a sensação de tê-la firme comigo. Sei que, ao dizer isso, estou sugerindo que acredito que outras mulheres tenham essa sensação, e não sei se isso é verdade. Nunca conheci nenhuma mulher o suficiente para saber, não com um tipo de conhecimento interior que uma garota deve ter, por exemplo, de sua mãe. Imagino a mãe, de algum modo, entregando isso à garota, a pérola de sua beleza específica.

Voltando ao assunto da chegada de L: estávamos lá, sentados nas nossas cadeiras de plástico da área de desembarque, quando um homem e uma mulher entraram pelas portas principais. Como estávamos esperando L chegar de outra direção, não demos muita atenção a eles, mas então eu os olhei e percebi que o homem só poderia ser L! Ele se aproximou e disse meu nome num tom de pergunta, eu me levantei toda atrapalhada para cumprimentá-lo e nesse momento ele deu um passo para o lado, trouxe a mulher para adiante e disse:

"Esta é minha amiga Brett."

Então me vi cumprimentando não a L, mas a esse ser estonteante de vinte e tantos anos, cuja elegância e estilo destoavam de todo do contexto e que ofereceu a ponta esmaltada dos dedos tão casualmente quanto se estivéssemos nos conhecendo não nos confins do mundo, mas num coquetel na Quinta Avenida! Ela começou a falar de um jeito afetado, mas eu tinha sido pega tão desprevenida que não conseguia ouvir o que ela estava dizendo e tentava olhar para L, mas ele tinha meio que se escondido atrás dela. A essa altura, Tony tinha se levantado. Tony nunca serve para nada nessas situações — ele só fica lá parado sem dizer nada. Mas não suporto nenhum tipo de constrangimento ou tensão social: me dá um branco por dentro, de um jeito que não sei mais o que estão falando ou fazendo. Por isso, Jeffers, não posso contar exatamente o que dissemos em todos esses minutos, apenas que, quando apresentei Tony para a moça — Brett —, ela pareceu atônita, e na minha vida inteira nunca vi alguém avaliar outra pessoa assim, de alto a baixo, tão descaradamente! Então ela se virou para mim e me olhou da mesma maneira, e vi que estava imaginando nós dois fazendo sexo e tentando entender e visualizar como devia ser. Ela tinha uma boca curiosa, que ficava aberta e caída num formato de caixa de correio — a boca de um bandido de gibi, pensei muitas vezes nisso depois. Vi L de relance, em poucos e intensos vislumbres, se escondendo e se esquivando atrás dela naqueles minutos disparatados. Ele era bastante magro, forte e baixo — menor que eu — e parecia elegante e luxurioso, com calças brancas com a barra dobrada, mocassins de couro, uma camisa azul-clara e uma echarpe colorida dando a volta no pescoço. Ele se cuidava e se vestia com esmero, o que me surpreendeu. E também tinha uma expressão clara e travessa, quando eu o tinha imaginado mais trigueiro e pesado, e seus olhos eram duas pepitas de azul-celeste de onde saía uma luz fascinante. Eles se revelavam para mim dois sóis sempre que por acaso cruzavam com os meus olhos.

Não sei como tirei todos eles da área de desembarque e os levei colina acima até a caminhonete; nesse trajeto eles conseguiram comentar que não tinham vindo de barco, mas num avião particular, o primo de Brett era bilionário ou algo assim e tinha um avião, deu uma carona para eles na véspera e seguiu para algum outro lugar. Eles tinham passado a noite num hotel da cidade, o que explicava o aspecto revigorado e bem-arrumado deles que tinha me pegado tão desprevenida, uma vez que as pessoas costumam chegar ao nosso fim de mundo detonadas em alguma medida pelo esforço necessário para se deslocar até aqui. Isso também explicava a ausência de bagagem, que eles tinham guardado no hotel e que combinamos de pegar no caminho para casa. Foi esquisito pensar que eles tinham estado um dia e uma noite inteiras ali sem que eu estivesse a par — não sei por quê, Jeffers, mas isso pareceu dar a eles algum tipo de poder ou ponto de vista privilegiado sobre nós. Chegamos na caminhonete, que costuma passar uma sensação de confiança e acolhimento, e olhei para ela, olhei para Tony em seu terno de pé ao lado dela, e uma hesitação imensa percorreu meu corpo, como um raio que trespassa uma árvore de cima a baixo escavando o seu cerne. Ah, não era assim que eu tinha planejado tudo isso! De repente temi que a crença na vida que eu vinha levando não se sustentaria e que tudo que eu tinha construído fosse ruir debaixo de mim e eu seria infeliz de novo — eu não sabia, naquele momento, como ia dar conta disso. A primeira coisa, claro, era a presença daquela mulher, Brett, que para nós era uma surpresa completa e que já estava criando uma segunda dificuldade, ao aumentar o esquivamento de L. Percebi na hora que ele a usaria como espada e escudo e a tinha trazido para cá provavelmente com esse objetivo, para se proteger das circunstâncias desconhecidas em que estava embarcando, o que era o equivalente a se proteger de mim!

Preciso acrescentar, Jeffers, que de modo geral eu não tinha necessidade nem expectativa de receber uma atenção especial dos visitantes, nem mesmo de L, por quem me interessava havia tanto tempo e com cujo trabalho eu tinha uma relação específica. Mas num acordo como o nosso havia alguns requisitos indispensáveis, sem os quais uma série de abusos se torna possível, e o primeiro e mais importante deles era a proteção da nossa privacidade e da nossa dignidade. Tive a impressão, a partir de várias coisas que ele disse ao longo de nossa correspondência, que L não via problemas em aceitar favores de amigos e conhecidos, dos quais muitos pareciam ser ricos. Nós não éramos nem um pouco pobres, mas levávamos uma vida simples e tínhamos uma boa reputação entre aqueles que nos conheciam — em outras palavras, não estávamos lhe oferecendo férias de alta classe ou um lugar luxuoso para ele desfrutar como se fosse seu. Até então, todos os nossos visitantes tinham entendido isso naturalmente, de imediato, e existia uma fronteira não demarcada, com que todos nós instintivamente concordávamos, entre a privacidade e o convívio. Mas, olhando para L e ainda mais para Brett, me perguntei se pela primeira vez não tínhamos convidado um cuco para o nosso ninho.

A primeira coisa era fazer todos nós cabermos na caminhonete e então, depois de telefonar para o hotel, colocar também a bagagem deles para dentro. Eles tinham uma grande quantidade de malas e bolsas, e Tony passou um bom tempo planejando como fazer todas encaixarem, enquanto ficamos parados na rua, procurando algo para dizer. L se virou de costas para mim, enfiou as mãos nos bolsos e ficou olhando para o mar estrondoso lá embaixo, enquanto a brisa fazia sua camisa inflar e se chocar contra ele, e seu cabelo curto, fino e grisalho, grudar na cabeça. Sobramos eu e Brett, que eu já tinha entendido ser um tipo de pessoa ardilosa que gostava de se imiscuir no espaço corporal do outro e ali se instalar, como um gato que se enrosca na sua perna e então pula no seu colo. Ela era inglesa: me lembro de L ter se referido a sua "amiga inglesa" em uma de suas cartas e fiquei me perguntando se essa era ela. Ela falava bastante, mas com muita frequência não dizia nada que pudesse ser respondido, e era, como eu já disse, estonteantemente bonita, então toda a situação parecia mais uma performance, e o público era eu. Ela tinha um cabelo muito loiro, macio e ondulado, e um rostinho delicadamente desenhado, com um nariz empinado e grandes e assombrosos olhos castanhos, e por fim aquela boca esquisita e violenta. Estava usando um vestido de seda estampada feito sob medida, bem ajustado na cintura, e sandálias vermelhas de salto muito alto — eu tinha me surpreendido com a rapidez com que ela caminhava calçando aquilo enquanto subíamos a colina. Ela ficou dando sugestões sobre como acomodar as malas e atrapalhando Tony, até L inesperadamente se virar e, de um jeito ríspido, falar por sobre os ombros:

"Fica na sua, Brett."

Bem, Tony levou de fato bastante tempo para ajeitar a bagagem e em determinado momento, quando parecia que enfim poderíamos ir embora, ele de repente balançou a cabeça, tirou tudo de novo da caminhonete e recomeçou o trabalho; enquanto isso, a brisa tinha se intensificado e estava ficando frio, e pensei na longa viagem cheia de solavancos que tínhamos pela frente, sobre minha casa e meu jardim tranquilos e confortáveis, sobre como aquele dia poderia ter sido apenas um dia comum e agradável, e de modo geral estava me sentindo muito infeliz com o que acabara provocando. Finalmente subimos na caminhonete, L e Brett, no fim das contas, se espremeram no banco de trás e Tony e eu fomos na frente, e me fiei no barulho do motor para impossibilitar qualquer conversa. Durante todo o caminho de volta, fiquei remoendo a minha impressão de que tinha havido algum tipo de briga ou conflito e senti minha cabeça rodando com todas as sensações desencontradas e as discórdias que ela tinha criado, e veio a sensação de vazio e morte que sinto nesses momentos. O rosto de Tony de perfil, olhando impassivelmente para a frente, para a estrada, costuma me trazer um grande conforto quando me sinto assim, mas daquela vez ele quase piorou tudo, porque eu não sabia se L e Brett conseguiriam sacar o jeito de Tony e ele o deles, e a última coisa que eu queria era, além de tudo, ter de explicá-los uns aos outros.

Não me lembro muito da viagem — apaguei da minha mente —, mas me recordo de Brett se inclinando para a frente em determinado momento e falando no meu ouvido:

"Posso tingir seu cabelo para esconder os fios brancos, viu? Sei fazer de um jeito que quase nem se nota."

Ela estava sentada bem atrás de mim e naturalmente tinha tido uma boa oportunidade de esquadrinhar meu cabelo por trás.

"Ele está mesmo bem seco", ela acrescentou, e até o penteou com os dedos para comprovar o que dissera.

Já mencionei, Jeffers, minha relação com o comentário e a crítica e o sentimento de invisibilidade que eu muitas vezes sentia, agora que tinha uma vida em que raramente eu era o assunto. Imagino que, como consequência, eu tenha desenvolvido uma supersensibilidade ou uma alergia a comentários — fosse qual fosse o motivo, quase não me contive e comecei a gritar e a atacar essa mulher ao sentir os dedos dela no meu cabelo! Mas é claro que apenas direcionei esses sentimentos para dentro de mim e fiquei ali sentada como um animal, num suplício mudo, até por fim chegarmos ao pântano e podermos todos sair da caminhonete.

Justine e Kurt tinham feito tudo exatamente como eu esperava — o problema era que a minha expectativa não era mais a mesma. Tinham acendido velas e fogueiras, decoraram a mesa com as primeiras flores de primavera do pântano, encheram a casa de calor e de cheiro bom de comida no fogão. Eles ficaram completamente tranquilos, com aquela aceitação dos jovens, diante da presença de uma pessoa a mais, e colocaram um prato para ela; antes de nos sentarmos para comer, levei L e Brett para a segunda casa para se instalarem, enquanto Tony deu a volta com a caminhonete para descarregar a bagagem deles. Eu queria tanto poder deixar que ele fizesse tudo sozinho e ir deitar na minha cama, puxar as cobertas por cima da cabeça e não ter de falar mais nada! Mas não é função de Tony trocar de lugar comigo, nem eu com ele. Somos pessoas diferentes, cada um tem um papel diferente a desempenhar, e por mais que eu tenha desejado que essa lei fosse quebrada naquela situação, sempre soube que o fundamento da minha vida estava apoiado nela.

Quando abrimos a porta da segunda casa, entramos e acendemos as luzes, ela de repente pareceu muito pobre e desleixada para mim, como se, com sua bagagem elegante, roupas caras e pose de pessoas acostumadas ao luxo, L e Brett tivessem trazido um novo padrão, uma nova maneira de ver, em que as coisas antigas não se sustentavam mais. Os armários e as prateleiras de madeira pareciam grosseiros, e o fogão, a mesa e as poltronas surgiam desolados sob a luz. Nossos reflexos brilhavam na janela, porque estava mais ou menos escuro e as cortinas não estavam fechadas. Eu as fechei, protegendo meus olhos das imagens que o vidro refletia. L olhou em volta e não disse nada, não havia nada a ser dito, mas eu já tinha entendido que era fisicamente impossível para Brett reprimir seu impulso de tecer algum comentário, portanto não fiquei nem um pouco surpresa quando ela soltou uma risada nervosa e exclamou:

"É uma cabana na floresta, daquelas das histórias de terror!"

Você deve se lembrar, Jeffers, que a fama chegou com tudo no começo da carreira de L, quando ele tinha só vinte e poucos anos. Depois disso, ele deve ter sentido que recebeu um objeto pesado para carregar pelo resto da vida. Coisas desse tipo distorcem o fluxo da experiência e deformam a personalidade. Ele me contou que deixou a casa da família quando ainda era uma criança, catorze ou quinze anos, e foi para a cidade, embora como ele sobreviveu nessa época não sei dizer. Sua mãe tinha muitos filhos de um casamento anterior e essas crianças mais velhas aparentemente o atacaram e ameaçaram matá-lo de algum modo, e por isso ele fugiu. O pai tinha sido seu amigo e o protegia, mas o pai morreu, acho que de câncer.

Eles moravam num lugar deserto, uma cidadezinha jogada no meio de uma planície vazia por quilômetros e quilômetros. Seus pais eram donos de um abatedouro e a casa da família ficava em frente a ele. Algumas de suas memórias mais antigas são de olhar pela janela do quarto para as galinhas no quintal bicando em meio a poças de sangue. A violência de suas primeiras obras, que tanto chocou as pessoas e chamou a atenção delas, e que foi entendida como o produto da violência da sociedade de modo geral, estava provavelmente enraizada nessa fonte muito mais primitiva e pessoal. Eu me pergunto se isso explica o fracasso de L em se afinar de novo com os críticos, já que eles esperavam que ele continuasse chocando-os, quando na verdade ele tinha sido introspectivo o tempo todo. Então sua fama e sucesso foram como uma caminhada penosa morro acima depois disso, sempre acompanhado de uma sensação de reserva e decepção não completamente verbalizada; entretanto, em parte devido a seu talento virtuosista, ele nunca perdeu prestígio ou honra artística, nem mesmo com a pintura entrando e saindo de moda ao longo dos anos. Ele sobreviveu a essas mudanças de gosto, e as pessoas muitas vezes ficaram se perguntando por quê, e eu acredito que tenha sido porque antes de tudo ele nunca se prostituiu, vendendo-se para elas.

Estou contando tudo isso a você, Jeffers, porque foi o que L contou a mim: não sei se essas informações sobre a infância dele — se é que se trata de informações — são conhecidas de modo geral. Faço questão de contar a você apenas o que consigo verificar pessoalmente, apesar da tentação de arrolar outros tipos de provas, inventar ou lapidar as coisas com a esperança de passar uma imagem melhor delas, ou, o pior de tudo, fazer você se identificar com os meus sentimentos e a forma como eu as via. Isso é uma arte, e conheci um número suficiente de artistas para entender que não sou uma! Não obstante, acredito que exista uma habilidade mais comum de ler a superfície da vida e as maneiras como ela se apresenta, que ou tem sua origem ou resulta em uma habilidade para lidar com obras dos criadores ou entendê-las. Em outras palavras, pode-se sentir uma proximidade estranha do processo de criação quando se veem os princípios da arte — ou de um artista em particular — espelhados na textura da vida. Isso talvez explique uma parte da compulsão que eu sentia em relação a L: quando eu olhava para o pântano, por exemplo, que parecia obedecer a tantas das regras dele de luz e percepção que muitas vezes se assemelhava a uma pintura dele, eu estava de certo modo olhando para obras que L não tinha criado e por isso — imagino — criando-as eu mesma. Tenho dúvidas sobre o status moral dessas meias-criações, que apenas arrisco dizer estar relacionado ao status moral da influência, e por isso uma força poderosa para o bem e para o mal nas questões da humanidade.

Acordei cedo na manhã após a chegada de L e vi o sol nascer rosa e dourado através da clareira, então me levantei, deixei Tony dormindo mais e saí de casa. Eu sentia uma necessidade grande de me acalmar e me reconectar com meu lugar no mundo, depois de todos os chacoalhões da véspera — e, claro, naquela luz adorável da manhã, nada daquilo parecia tão ruim quanto eu tinha sentido. Caminhei pela grama molhada e brilhante até o ponto onde as árvores dão lugar a uma vista ampla do pântano e onde fica o velho barco com sua proa levantada, voltado para o mar, em sua ânsia. A maré estava cheia e a água chegava a cobrir a terra, daquele jeito silencioso e mágico que são as marés aqui, isto é, de algum modo como um corpo se virando, se espreguiçando e se abrindo durante o sono.

Ali, parado ao lado do barco e olhando para a mesma coisa que eu, estava L, e eu não tinha escolha senão ir até ele e cumprimentá-lo, apesar de não estar ainda pronta para um encontro e ainda estar de pijama. Mas eu já tinha entendido que essa seria a tônica da minha dinâmica com ele, essa hesitação da minha força de vontade e da minha maneira de ver os acontecimentos, esse jeito de arrancar de mim o controle nas transações mais íntimas, não por causa de algum ato deliberado de sabotagem da parte dele, mas devido ao simples fato de ele não poder ser controlado. Tinha sido eu a responsável por convidá-lo para a minha vida! E de repente vi, naquela manhã, que essa perda de controle me trazia novas possibilidades, por mais brava, feia e irritada que tenha me feito sentir até então, como se fosse ela mesma uma espécie de liberdade.

Ele me ouviu conforme eu me aproximava, virou-se e falou comigo. Não mencionei como L falava baixo, Jeffers: era um sussurro, como o som de vozes no quarto ao lado, algo entre música e fala. Era preciso se concentrar para ouvi-lo. Ainda assim, quando ele falava, aquela luz fascinante de seus olhos mantinha você cravada no chão.

"Aqui é muito gostoso", ele disse. "Agradecemos muito a vocês."

Ele estava todo fresco e barbeado, numa camisa bem passada com outra echarpe colorida amarrada no pescoço. A menção dele a gratidão me encheu na hora de vergonha, como se eu tivesse lhe oferecido algo a título de suborno e ele com educação tivesse recusado. Isso tornou a presença dele aqui inteiramente responsabilidade minha, como eu já disse. Eu estava acostumada com nossos visitantes adotando ou fingindo uma independência bastante rapidamente e demonstrando que estavam tirando alguma vantagem — no sentido egoísta — da situação. L, pelo contrário, se comportava como uma criança bem-educada que tinha sido levada a algum lugar contra sua vontade.

"Você não precisa ficar", eu disse, ou melhor, me ouvi dizer, uma vez que era o tipo de coisa que eu nunca dizia.

Ele pareceu sobressaltado e por um segundo a luz de seus olhos se apagou, depois voltou a acender.

"Eu sei", ele disse.

"Não quero sua gratidão", eu disse. "Ela me faz sentir desleixada e feia, como um prêmio de consolação."

Seguiu-se um silêncio.

"Está bem", disse ele, e um sorriso travesso surgiu no seu rosto.

Fiquei ali, em minha camisola amarrotada, com o cabelo despenteado e os pés descalços esfriando com o orvalho, e senti que queria irromper em lágrimas — esses impulsos estranhos e violentos me tomavam, um após o outro. Eu queria deitar e bater com os punhos na grama — queria experimentar uma perda completa de controle, mesmo sabendo que eu já tinha perdido meu controle na conversa com L.

"Pensei que você viesse sozinho", eu disse.

"Ah", ele disse calmamente, "pois é, você pensou", como se tudo se resumisse a ele ter se esquecido de me informar. "A Brett é legal", ele acrescentou.

"Mas isso muda tudo", lamentei.

É difícil explicar, Jeffers, a sensação de íntima familiaridade que senti em relação a L desde aquela primeira conversa, uma intimidade que era quase um parentesco, como se fôssemos irmãos — quase como se dividíssemos o mesmo teto. O desejo que eu tinha de chorar, de relaxar diante dele, como se minha vida inteira até aquele momento tivesse sido apenas um processo de me controlar e reprimir as coisas, era parte desse sentimento opressor de reconhecimento. Eu tinha uma consciência aguda da minha falta de atrativos, como teria em toda a minha dinâmica com L, e acredito que essa sensação tem sua importância, por mais dolorido que seja me lembrar dela. Porque eu não era de fato desinteressante, não mais naquele momento do que em qualquer outro da minha vida: ou melhor, qualquer que seja meu valor de objeto como mulher, os sentimentos poderosos de me sentir feia ou repugnante que me assolam não vinham de algum escrutínio ou realidade exterior, mas de dentro de mim mesma. A sensação era de que essa imagem interior tinha de repente se tornado visível para outros olhos, especialmente os de L, mas também os de Brett — nesse estado, pensar em como ela era invasiva e no seu comentário sugestivo era insuportável! Percebi que eu tinha essa feiura dentro de mim desde sempre e que, ao revelar isso a L, talvez acreditasse que ele pudesse tirá-la de mim ou me dar alguma oportunidade para fugir dela.

Agora, em retrospecto, vejo que aquilo que eu estava vivendo talvez tenha sido apenas o choque de ser confrontada com a minha própria natureza compartimentalizada. Todos esses compartimentos em que eu mantinha as coisas, dentre os quais eu escolhia aquilo que mostraria para outras pessoas que também se mantinham em compartimentos! Até então, Tony tinha me parecido a pessoa menos dividida que eu já conhecera: em todo caso, ele tinha reduzido tudo a dois compartimentos, o que ele dizia e fazia e o que ele não dizia nem fazia. Mas L parecia o primeiro ser completamente integrado que eu já tinha encontrado, e meu impulso era apanhá-lo, como se ele fosse uma criatura selvagem que precisasse ser capturada; mas, ao mesmo tempo, percebia que era da natureza dele não ser pego e que eu teria de apenas me sujeitar a ele numa liberdade pavorosa.

Ele começou a falar, desviando os olhos de mim em direção à água e ao pântano, e tive de me forçar a ficar bem quieta para ouvir o que ele dizia. O sol já estava mais alto e recolhia as sombras das árvores que ficavam do outro lado do gramado, e a água também avançava, de modo que estávamos presos entre elas, em um desses processos de mudança quase imperceptíveis que acontecem aqui na paisagem, por meio dos quais você sente estar participando de um ato de transformação. A imobilidade cresce cada vez mais, o ar fica mais e mais carregado de intensidade e enfim o mar começa a refletir sua luz como um escudo. Não consigo reproduzir as palavras de L, Jeffers: acho impossível que, em alguma ocasião, qualquer pessoa guarde uma lembrança precisa desse tipo de conversa profunda, e estou decidida a não falsear nada, nem mesmo pelo bem da narrativa. Ele falou sobre estar farto da sociedade, sobre a necessidade constante que sente de fugir dela e sobre o problema que isso causava em relação a escolher algum tipo de casa para si. Quando era jovem, não ter casa não o perturbava, ele disse, e mais tarde ele viu conhecidos seus criarem casas que eram como moldes de gesso de sua própria riqueza, com pessoas dentro. Essas estruturas às vezes explodiam e às vezes apenas sufocavam quem as ocupava — mas, pessoalmente, ele nunca conseguia estar em um lugar sem, mais cedo ou mais tarde, querer ir para outra parte. O único lugar que era real para ele era seu estúdio em Nova York, um que ele sempre teve. Ele construiu outro estúdio na sua casa de campo, mas não conseguia trabalhar lá: era como estar em um museu de si mesmo. Tinha sido obrigado a vender aquela casa havia pouco, o que o deixou apenas com o lugar onde ele estivera no início, com o estúdio original. Da mesma maneira, nunca tinha sido capaz de construir algo permanente com outras pessoas. Conhecia muitas pessoas sedentas de vida, que ganhavam e perdiam e ganhavam de novo e perdiam de novo, numa sucessão tão rápida que elas provavelmente nunca nem perceberam que nada daquilo durava; e ele também conhecia exemplos suficientes da podridão que podia se dissimular no que de fora pareceria algo duradouro. O que o interessava era sua suspeita não de que possa ter perdido alguma oportunidade, mas de que fracassou por completo em ver algo diferente, algo que no fim das contas tinha a ver com realidade e com uma definição de realidade como um lugar em que ele mesmo não existiu.

Foi obrigado a voltar e repensar sua infância à luz disso, ele disse, embora tivesse percebido havia tempo que os detalhes específicos da sua vida eram um monte de bagunça, cuja essência precisava apenas extrair, enquanto jogava fora as particularidades. No entanto, havia algo ali, ele tinha certeza, que ele tinha deixado passar — algo ligado à morte, que tinha sido um traço importante no começo de sua vida. Já de início ele tinha retirado da morte o impulso de viver: mesmo a morte de animais no abatedouro, que poderia ter aterrorizado outra criança, para ele trazia repetidamente uma sensação familiar, uma confirmação do seu próprio ser. Ele pensava que essa falta de horror e emoção poderia ser atribuída a um amortecimento que é consequência da exposição repetida a algo, mas nesse caso ele tinha se sentido morto quase desde sempre. Não, na familiaridade dessa coisa havia outra coisa, um sentimento de igualdade com todas as coisas que era também uma habilidade de sobreviver a elas. Ele nunca poderia ser atingido de um jeito fatal, ou assim sempre acreditou: não poderia ser destruído, mesmo que testemunhasse a destruição. Ele entendeu essa sobrevivência como liberdade e fugiu com ela.

Contei a ele que Tony também tivera uma experiência com a morte ainda no início da vida e tinha reagido a ela da maneira oposta, ficando exatamente onde estava, para sempre. Por vezes me incomodei com o enraizamento dele, que primeiro tomei por cautela ou conservadorismo, mas ele me mostrou sua resiliência tantas vezes que passei a tratá-lo com respeito. Eu tinha muita dificuldade em respeitar qualquer coisa, eu disse, e me rebelava instintivamente contra o que me era mostrado como imóvel ou fixo. Na época de dificuldade antes de conhecer Tony, contei a ele, fui levada a me consultar com um psicanalista que desenhou um mapa da minha personalidade num pedaço de papel. Ele pensava poder resumi-la numa folha A4 amassada! Era o estratagema dele, e percebi que se orgulhava disso. No mapa do psicanalista havia um pilar central do que parecia ser a realidade objetiva, com muitas setas que saíam dele e então se encontravam e cruzavam para formar um círculo conflitante sem fim. Metade dessas setas cedia ao impulso da rebeldia, a outra metade, ao impulso da obediência às regras, ficando a sugestão de que, assim que eu era levada a obedecer às regras de alguma coisa, eu me rebelava contra ela, e por ter me rebelado, sentia uma ânsia enorme de obedecer novamente — dando voltas e mais voltas, por conta própria, numa dança sem sentido! Ele achava sua explicação absolutamente genial, mas naquela época eu estava tomada apenas pelo desejo de me machucar: isso me subjugava como um cachorro. E então parei de ir ao psicanalista, porque percebi que ele não ia conseguir tirar aquele cachorro de mim. Apesar disso, sofri por lhe dar razão no que diz respeito à rebelião, ou assim imaginei que ele pensaria, satisfeito.

Meses depois encontrei o psicanalista na rua, contei a L, e ele se aproximou de mim e, com uma leve expressão de reprovação, perguntou como eu estava, e eu ali, em plena luz do dia, o condenei. Falei como se algum deus da oratória tivesse se apossado de mim na calçada — e declamei, as frases saindo da minha boca em imensas guirlandas de importância. Lembrei-lhe de que eu, mãe de uma criança pequena, o procurara angustiada, temendo poder destruir a mim mesma, e ele não havia feito nada, nada para proteger a mim ou a ela, apenas rabiscou num pedaço de papel e apresentou a prova do meu complexo de autoridade — como se eu não tivesse prova suficiente disso pelo modo como estava sofrendo! Na metade do meu discurso, o psicanalista levantou os braços, num gesto de rendição: ele estava completamente branco e de repente parecia frágil e envelhecido, começou a caminhar para trás, se distanciando de mim na calçada com os braços ainda levantados, até que estivesse longe o suficiente para se virar e correr. A imagem desse homem correndo, eu disse a L, com os braços levantados se rendendo, permaneceu para mim como a representação de tudo com que eu não tinha conseguido me reconciliar. Para mim, não havia a possibilidade de fugir do meu corpo físico. Mas ele podia simplesmente sair correndo!

L estava escutando, com seus olhos brilhantes fixos nos meus e a mão sobre a boca.

"Isso foi terrivelmente cruel", ele disse, mas por causa da mão eu não conseguia saber se ele estava sorrindo ou reprovando, nem qual de nós dois ele estava acusando de crueldade.

Ficamos em silêncio por algum tempo, e quando L falou de novo foi para retomar o relato de sua infância, de modo que era como se a minha interrupção estivesse sendo educadamente posta de lado. Não acredito que isso tenha acontecido por L ser incapaz de se interessar por outras pessoas — ele tinha ouvido minha história com atenção, eu estava certa. Mas o jogo da empatia, no qual cutucamos um ao outro para expor nossas feridas, ele não jogaria. Ele tinha decidido se explicar para mim, isso era tudo, e o que eu daria em troca só dependia de mim. Entendi que eu não era a primeira pessoa a ouvir essa explicação — consegui imaginar L sendo entrevistado em uma galeria ou em um palco, fazendo praticamente o mesmo relato sobre si mesmo. Uma pessoa só fala desse jeito quando sente que conquistou o direito de fazê-lo. E eu não tinha conquistado, pelo menos aos seus olhos — ou ainda não!

Começou a me contar sobre uma época em sua infância em que seu pai ficou doente, e ele foi mandado embora para ir morar com uma tia ou um tio por um tempo, para diminuir o fardo da mãe. Esse casal não tinha filhos e eram duas pessoas de personalidades difíceis e cheias de energia, ele disse, cujas principais diversão e motivação eram ver o outro se dar mal. Ele se lembrava de ver o tio uivar de satisfação e esfregar as mãos excitado quando a tia se queimou no forno; ela se curvava de tanto rir caso ele desse com a cabeça no batente da porta, e quando discutiam, um correndo atrás do outro em volta da mesa da cozinha empunhando o atiçador de brasas ou a frigideira, eles animadamente poderiam chegar a arrancar sangue. Ele nem sabia mais se o conceito de personalidade, como ilustrado por esses dois, ainda existia. Eles pareciam mais animais, e isso o levou a pensar se a própria personalidade era uma característica animal de que os seres humanos se afastaram na Idade Moderna. A tia e o tio não se importavam especialmente com ele, ainda que não o tenham machucado, e também não faziam ideia de como confortá-lo nesse momento difícil da doença do pai: esperava-se que ele fizesse a parte dele no duro trabalho braçal, mais do que as tarefas escolares, e depois de um tempo pararam de fato de mandá--lo para a escola. Aos poucos ele percebeu que, se seu pai morresse enquanto ele estivesse lá na casa do tio e da tia, era provável que eles apenas dariam de ombros ao saber da notícia e a vida seguiria em frente. Talvez nem lhe contassem, e ele ficou desesperado para voltar para casa antes que isso acontecesse, de tão claramente que passou a imaginá-lo. Conseguiu voltar para casa, e quando seu pai morreu ele tinha se esquecido do tio e da tia, mas voltou a se lembrar depois, dessa época que tinha passado com pessoas para quem ele não tinha nenhuma importância específica e da necessidade urgente que sentiu de voltar para um lugar em que pudesse ter algum papel na história. Esse foi um vislumbre mais claro da morte do que qualquer visão mais sangrenta que tinha tido até então. Havia descoberto que a realidade podia acontecer estivesse ele presente para vê-la ou não.

A essa altura, o sol estava acima de nós, e ficamos juntos olhando para o pântano e para a beleza do dia, e naquele momento senti completamente — embora de forma breve — a rara paz de viver.

"Espero que não atrapalhemos", L disse então. "Seria horrível estragar isso que você tem."

"Não sei como vocês poderiam estragar", eu disse, de novo ofendida. Como eu queria que ele não falasse esse tipo de coisa!

"Parecia que minha sorte tinha chegado ao fim, só isso", ele disse. "As coisas foram tão absurdamente sórdidas nesses últimos meses. Mas agora estou começando a me perguntar se eu sequer me importo com isso. A roda poderia girar de novo, mas tenho a sensação de que estou voltando no tempo, não indo para a frente. Me sinto a cada dia mais leve. O despojamento não é tão ruim assim."

Eu disse que dessa sensação apenas um homem — e um homem sem dependentes — poderia desfrutar. Dei um jeito de não acrescentar, Jeffers, que além disso essa situação dependia da generosidade de pessoas sobrecarregadas como eu! Mas talvez tenha dito isso também, porque ele de todo modo me ouviu.

"Não pense que minha vida é diferente de uma tragédia", ele disse, tranquilo. "No fim das contas, sou só um mendigo, e nunca passei disso."

Eu não concordava de todo com isso, e foi o que disse. Não ter nascido no corpo de uma mulher já era um bom quinhão de sorte, para começar: ele não enxergava sua própria liberdade porque não percebia como ela poderia lhe ser tão fundamentalmente negada. Mendigar era uma liberdade em si mesma — ela pressupunha ao menos uma igualdade com o estado de necessidade. As minhas experiências de perda, eu disse, serviram apenas para me mostrar como a natureza era impiedosa. Os feridos não sobrevivem na natureza: uma mulher jamais poderia se entregar ao destino e esperar sair intacta. Ela tem que conspirar pela sua própria sobrevivência, e como é possível que ela esteja suscetível a uma revelação depois disso tudo?

"Sempre pensei que você não precisasse de nenhuma revelação", ele sussurrou. "Achei que você de algum modo já soubesse."

Havia algo de sarcástico em seu tom quando disse isso: de todo modo, me recordo dele tentando fazer uma piada com essa ideia de mulheres possuírem algum conhecimento divino ou eterno, o que era o equivalente a dizer que ele não se importava com elas.

Disse que estava pensando em experimentar a pintura de retratos enquanto estivesse aqui. Algo sobre a mudança de sua situação estava fazendo com que enxergasse as pessoas com mais clareza.

"Queria perguntar", ele disse, "se você acha que Tony posaria para mim."

Essa declaração veio tão de repente e do nada e era tão contrária ao que eu estava esperando que a recebi quase como um golpe físico. Estávamos ali, diante daquela exata paisagem que por tantos anos enxerguei através dos olhos dele e na qual vi sua mão, e ele vira e diz que quer pintar o Tony!

"E também Justine", ele disse, "se você achar que ela concordaria."

"Se for para você pintar alguém", gritei, "com certeza essa pessoa tem de ser eu!"

Ele olhou para mim com uma expressão levemente perplexa.

"Mas eu não consigo enxergar você direito", ele disse.

"Por que não?", perguntei, e acredito que essa era a declaração que jazia na base mais profunda da minha alma, aquilo que sempre perguntei e ainda queria perguntar, porque jamais havia recebido uma resposta. E também não recebi uma resposta naquela manhã, Jeffers, porque bem nesse momento vimos a silhueta de Brett se aproximando pelo gramado, e desse modo minha conversa com L foi encerrada. Ela trazia um fardo nas mãos, o que se revelou serem todos os lençóis da cama da segunda casa, e tentou entregá-lo a mim, de camisola, no gramado molhado.

"Você não vai acreditar", ela disse, "mas não consigo dormir nesse tipo de tecido. Ele irrita a minha pele — acordei hoje de manhã com o rosto parecendo um espelho quebrado! Você tem alguma coisa mais macia?"

Ela chegou mais perto, cruzando a linha que costuma separar duas pessoas que não se conhecem bem. A pele dela parecia em perfeito estado mesmo a uma curta distância, brilhando de juventude e saúde. Ela franziu o nariz e examinou o meu rosto.

"Você também dorme com esse tipo de tecido na sua cama? Parece que está fazendo o mesmo efeito em você."

L ignorou essa desfaçatez e ficou olhando para a vista de braços cruzados, enquanto eu explicava que todos os nossos lençóis eram iguais e que aquela leve aspereza se devia ao fato de o tecido ser um produto completamente natural e saudável. Eu não podia lhe oferecer outra coisa, acrescentei, a menos que pegasse a estrada e fizesse todo o caminho de volta até aquela cidade em que os buscamos na véspera, onde há lojas. Ela me olhou com uma expressão de súplica.

"Seria mesmo tão impossível assim?", ela disse.

Bem, de algum modo consegui me safar — era impressionante como Brett conseguia me fazer sentir fisicamente presa, até nos espaços mais amplos — e corri de volta para casa, me enfiei no chuveiro e lavei e lavei, na esperança de que eu tivesse desaparecido quando terminasse. Depois pedi que Justine e Kurt fossem vê-los para fazer uma lista de suprimentos de que eles talvez precisassem e pudessem ser comprados na cidadezinha mais próxima de nós, e se o assunto dos lençóis veio de novo à tona, não fiquei sabendo!

Naquela primavera, Justine estava com vinte e um anos de idade, Jeffers, a idade em que uma pessoa começa a mostrar quem é de verdade, e de muitas maneiras ela estava se revelando de todo diferente de quem eu acreditava que fosse, ao mesmo tempo me lembrando, inesperadamente, de outras pessoas que eu tinha conhecido. Não acredito que os pais entendam necessariamente tanto assim dos seus filhos. O que você vê deles é aquilo que eles não conseguem deixar de ser ou fazer, em vez de aquilo que eles gostariam, e isso leva a todo tipo de equívocos. Muitos pais, por exemplo, se convencem de que seu filho tem um talento artístico, quando aquela criança não tem intenção alguma de ser artista! Querer tentar prever o que vai ser de uma criança é dar tiros no escuro — imagino que façamos isso para tornar a criação delas mais interessante e para fazer o tempo passar, como uma boa história faz o tempo passar, quando o que de fato importa é que depois elas poderão cair no mundo e se virar. Acredito que elas sabem disso mais do que ninguém. Nunca tive muito interesse pelo conceito de dever filial ou por fomentar homenagens maternais em Justine, e assim chegamos bem rápido ao essencial na nossa dinâmica. Lembro de ela me perguntar, quando tinha uns treze anos, quais eu achava que eram os limites da minha obrigação em relação a ela.

"Acho que sou obrigada a deixá-la ir", eu disse, depois de ter pensado sobre o assunto, "mas, se não der certo, acho que sou obrigada a continuar sendo responsável por você para sempre."

Ela ficou calada por um tempo, então assentiu com a cabeça e disse:

"Está bem."

Por causa de acontecimentos na nossa história compartilhada, eu tinha passado a ver Justine como vulnerável e ferida, quando na verdade sua principal característica é o destemor. Ela já tinha mostrado essa qualidade quando era pequena, então talvez, Jeffers, seja mais correto dizer que podemos considerar que nosso trabalho como pais se conclui, sem qualquer delito ou erro fatal, quando a criancinha se faz mais uma vez visível na pessoa completamente crescida. Com frequência ponderei sobre a sobrevivência de pinturas e o que significa para nossa civilização que uma imagem tenha sobrevivido intacta ao longo do tempo, e algo da moralidade dessa sobrevivência — a sobrevivência do original — se refere, acho, à guarda das almas dos homens também. Houve uma época em que perdi Justine, nunca saberei exatamente o que aconteceu com ela nesse período, e eu não parava de procurar sinais de algum dano provocado nesse tempo. Contei isso a ela, mais ou menos quando conversamos sobre obrigação. Contei que ela tinha perdido um ano do cuidado que eu lhe devia e que ela podia considerar isso uma dívida formal, a ser cobrada a qualquer momento. Cheguei até a escrever uma nota promissória num pedaço de papel! Ela riu de mim por causa disso, mas não de um jeito rude, e nunca me devolveu aquele pedaço de papel, mas quando ela e Kurt voltaram de Berlim para morar conosco, me ocorreu, sim, que ela talvez estivesse cobrando o que eu lhe devia.

Ela virou uma espécie de desconhecida para mim no tempo em que passou fora e, assim como um lugar familiar pode parecer menor e mais claro quando se volta a ele depois de uma ausência e de quaisquer mudanças bastante chocantes de início, eu a achei de algum modo depurada, assim como de certa maneira surpreendentemente diversa. Mudança também é perda, e nesse sentido um pai ou mãe pode perder um filho todo dia, até perceber que é melhor parar de prever o que eles vão se tornar e se concentrar no que está bem à sua frente. Naquele período, seu físico pequeno e robusto tinha de repente amadurecido e adquirido uma densidade e uma agilidade que me fizeram pensar numa acrobata: parecia conter uma energia reprimida mas habilmente balanceada, como se ela, exultante, pudesse a qualquer momento dar piruetas pelos ares. Mas também, quando estava perdida e não tinha nada para fazer, podia assumir uma flacidez horrível, como uma acrobata que de algum modo se fez prender ao chão. Ela tinha me consternado cortando todo o cabelo e começou a usar batas quadradas e roupas do dia a dia que contrastavam de um jeito gritante tanto com sua ebulição física quanto com o esplendor do guarda-roupa de Kurt. Suspeitei que ela estivesse empenhada em dilapidar sua feminilidade de um jeito insensato e, talvez, por secretamente temer ter alguma culpa nisso, me senti tentada a pôr esse desperdício na conta de Kurt. Parecia ser ele quem tinha conjurado e que estava se beneficiando da imagem de chatice de meia-idade que eles conformavam, e eu ficava frequentemente chocada com pequenos comentários depreciativos ou críticos que ele lhe dizia em voz baixa, tal qual pais que por vezes baixam a voz para criticar os filhos na frente de outras pessoas como uma maneira de os polir. E mesmo assim Justine era servil na relação com ele e podia ficar bastante frenética caso as necessidades ou expectativas dele fossem frustradas por determinada reviravolta, o que significava que eu estava sempre um pouco nervosa morando com eles na casa principal, com medo de inadvertidamente ser o motivo da frustração.

No meu íntimo, eu interpretava a conduta de Justine como um resultado direto dos sentimentos dela em relação ao pai, junto de quem eu mesma tinha sido também nervosa e servil, e na verdade me vi começando a substituir Kurt por ele de maneira bastante natural. Certa manhã, eu estava sentada ao lado de Justine enquanto ela procurava alguma coisa dentro da bolsa, e uma fotografia pequena caiu no chão. Eu a peguei e vi uma imagem em close dela com o pai, que eu não via pessoalmente fazia muitos anos. A cabeça deles estava encostada uma na outra, os braços, em volta do pescoço um do outro, e os dois pareciam muito felizes, e fiquei tão admirada que não consegui nem sentir inveja ou insegurança, apenas admiração!

"Que foto linda com o seu pai", eu disse a ela, e fiquei atordoada quando ela soltou uma risada aguda no meu ouvido.

"Esse é o Kurt!", ela disse, rindo de um jeito estridente, enfiando a foto de volta na bolsa.

Depois ela contou isso a Kurt e eles riram de novo da ideia de eu tê-lo confundido com o pai dela, mas eu estava percebendo aos poucos que esse equívoco me afetava mais do que eles notavam. Cada vez que Tony pedia para Kurt ajudá-lo fora de casa, por exemplo, eu sentia uma queixa presa na minha garganta, como se achasse que Kurt devesse ser poupado do desconforto e da labuta. No passado tinha achado o mesmo sobre o pai de Justine, o que mostra quão pouco conseguimos de fato mudar. Mas a própria Justine não contestava esses pedidos, e o motivo disso era que quem os fazia era Tony, como descobri quando certa vez pedi casualmente que Kurt me ajudasse a tirar a mesa e fui tratada com olhares e gestos recriminatórios por parte de Justine. Costumo desconfiar quando as pessoas dizem "adorar" alguém, sobretudo quando elas não têm muita escolha a respeito de quem são essas pessoas, mas Justine pareceu gostar de Tony e confiar nele desde o início; e Tony, acho, ama Justine mais do que se ela fosse sua própria filha. A maioria das pessoas é incapaz de sentir esse amor desinteressado, mas Tony não tem filhos biológicos nem parentes de sangue e pode amar quem quiser. De todo modo, ele tinha colocado na cabeça que Kurt deveria ajudar e se ocupar. Quando eu, constrangida, contei a ele sobre o engano na fotografia, ele parou o que estava fazendo e ficou estático como um jacaré, com as pálpebras semicerradas por um tempo incalculável, e vi que a similaridade entre a minha escolha pelo pai de Justine e a de Justine por Kurt sempre tinha sido evidente para ele.

Aquela primeira manhã depois da chegada de L e Brett, quando fiquei conversando com L ao lado do barco, marcou o início de um período de um clima de calor anormal. Era primavera, Jeffers, que costuma ser uma época de mudanças turbulentas, quando vento, sol e chuva se alternam para afastar o inverno e fazer as coisas novas germinarem. Em vez disso, tivemos dia após dia de calor e uma calmaria inexplicável, e as primeiras flores brotaram com pressa da terra crua, as árvores vestiram suas folhagens num afã. Caminhando pelo pântano vi caminhos secos, que normalmente estariam encharcados de lama, nuvens de insetos zunindo por todos os lados, o ar estridente e pulsante de cantos de pássaros como nunca, como se todos esses seres tivessem sido convocados de dentro da terra para um compromisso importante e misterioso antes do tempo.

Estava tão seco que Tony ficou preocupado que algumas das árvores e plantas jovens morressem por falta de chuva primaveril, e por isso ele começou a construir um sistema de irrigação com metros e metros de mangueira de borracha que espalhou por todo o nosso terreno. Havia tantos circuitos e entroncamentos que parecia uma rede imensa de veias, e ele tinha que fazer centenas de furinhos ao longo de todas as mangueiras para que a água gotejasse num fluxo contínuo. Era um trabalho chato e difícil que lhe custou muitas horas, e me acostumei a vê-lo ao longe, ora num canto do terreno, ora em outro, curvado e concentrado. Depois de um tempo ele recrutou Kurt para ajudá-lo, e então passaram a ser duas pequenas silhuetas ao longe, se inclinando e confabulando, enquanto o sol queimava suas cabeças. De quando em quando eu levava alguma coisa para eles beberem, demorava um tempão para perceberem que eu estava ali, enquanto deslindavam a mecânica de algum entroncamento complicado ou tentavam descobrir por que a água não estava fluindo em determinado tributário. Eles não podiam se permitir desleixo ou descuido: o menor dos erros podia resultar no fracasso de todo o sistema. Tony tinha plantado a maioria daquelas árvores e se importava com cada uma delas. Como é árduo e demorado, Jeffers, tomar conta de cada coisinha e não se iludir nem subestimar algum aspecto! Imagino que escrever um poema funcione de modo parecido.

Kurt estava bastante disposto para esse trabalho de início, mas depois de um tempo percebi que estava ficando entediado. Para perseverar, ele contava mais com suas boas maneiras e a disciplina branda de sua criação privilegiada do que com a obsessão do perfeccionismo ou a tenacidade do soldado obediente. Sua personalidade — a de um cachorro de estimação amado e bem treinado — lutava para se adaptar a essa reviravolta, na qual era difícil discernir uma narrativa em que ele tivesse o papel principal, e como de todo modo estava exausto ao final do dia, ele se recolhia em uma espécie de vazio atordoado, como se a importância que ele sentia possuir tivesse recebido algum tipo de golpe. Esse hiato fez com que Justine desejasse experimentar seu próprio poder, para o que Brett estava pronta e disposta a oferecer a oportunidade.

"Brett é uma pessoa tão interessante", me disse Justine numa tarde, quando ela tinha ido buscar suprimentos para a segunda casa e demorado mais que de costume. "Você sabia que ela dançou no balé de Londres enquanto trabalhava para pagar a faculdade de medicina?"

Eu não fazia ideia de que Brett tinha feito faculdade de medicina, nem que era dançarina profissional: tudo que eu sabia era que naquele momento ela estava alojada como uma farpa gigante na minha vida e eu não fazia ideia de como ou quando conseguiria arrancá-la fora.

Por causa do bom tempo incomum, Tony acendia uma fogueira na lareira externa na hora do crepúsculo, para que pudéssemos ficar sentados assistindo ao sol se pôr no mar enquanto a friagem da noite se aproximava. Eu observava a fumaça se dissipar no céu, sabendo que L podia vê-la desde a segunda casa e esperando que ela o atraísse até nós. Depois daquela primeira conversa mal vi L, e quaisquer perguntas ou pedidos da casa chegavam através de Brett, de maneira que não poderia ficar mais claro para mim que ele estava se escondendo. Tony fazia uma fogueira maior a cada noite, como se tivesse lido minha mente e estivesse tentando ajudar a convocar L. Na quarta ou quinta noite, quando a escuridão estava prestes a cair, vi enfim os dois serpenteando pelas sombras das árvores em nossa direção. Todos levantamos num salto para recebê-los e abrimos espaço para eles ao redor do fogo. Não me lembro sobre o que conversamos, apenas que eu estava consciente dos olhos de lanterna de L, que ficavam mais brilhantes e penetrantes à medida que o crepúsculo avançava, como os olhos de algum animal noturno — e também que ele se certificou de sentar o mais longe possível de mim.

Tínhamos uma jarra de algum coquetel, que estávamos compartilhando, mas L não bebeu: ele aceitou um copo, como se para não chamar a atenção para si, imagino, e depois o encontrei intocado. Ele nunca bebeu álcool no período em que o conheci, pelo menos não que eu tenha visto. Nós sempre gostávamos de beber alguma coisa no fim do dia, Jeffers, e ir para a cama ensonados e não muito tarde, junto com os pássaros — parece combinar com a nossa vida aqui. Por isso era exasperante o estado de alerta de L na escuridão. Mas eu estava feliz por estar em sua presença, ou, mais precisamente, foi agradável passar uma ou duas horas sem ter que deslindar o que significava a ausência dele. Porém depois dessa primeira vez ele não voltou. Ficou em casa, enquanto Brett vinha saltitando pela clareira para sentar conosco em círculo todas as noites, em geral perto de Justine. Kurt, depois do dia dedicado às mangueiras, cabeceava de sono diante da lareira externa antes de chegar à metade do primeiro coquetel: nós o acordávamos para jantar, mas na maior parte das vezes ele saía discretamente para ir dormir às nove. Isso deixava Justine sem saber o que fazer, e Brett estava bem ali para dar conta disso. E então a fogueira que eu esperava convocar aquilo que eu queria acabou por convocar a única coisa que eu não queria, que era mais tempo na companhia de Brett!

Depois do incidente com os lençóis, eu tinha tratado Brett com um receio cortês sempre que por acaso nos encontrávamos, mas agora ela começou a passar mais tempo na casa principal e vi que eu teria de encontrar uma maneira mais prática de lidar com ela. Certa tarde, estava passando pelo quarto de Justine e, pela porta fechada, ouvi as duas conversando e rindo lá dentro. Mais tarde, quando vi Justine, o cabelo curto dela estava arrumado de um jeito novo — e que a favorecia muito mais — e ela estava usando uma echarpe brilhante amarrada na cabeça, emoldurando seu lindo rosto de um jeito notável.

"Brett me convenceu a deixar o cabelo crescer", ela disse, levemente envergonhada, pois fazia semanas que eu vinha lançando indiretas nesse sentido.

E, de fato, ela deixou o cabelo crescer, Jeffers, ao longo da primavera e do verão, e quando chegou o outono, seus lindos cachos escuros já chegavam quase aos ombros, ainda que, nesse momento, Kurt não estivesse mais ali para vê-los.

Não demorou para que ela e Brett não se desgrudassem mais, e uma vez que a idade delas era relativamente próxima, segundo estimei, imaginei com um pouco de má vontade que era natural que se tornassem amigas apesar de terem personalidades tão diferentes. Na verdade, Brett era consideravelmente mais velha, como descobri depois, o que talvez explique por que Justine ficou enfeitiçada por ela, e não o contrário — para o bem, devo admitir, pelo menos de sua aparência.

"Mas de onde você tirou isso?", Brett disse, como eu mesma não ousava dizer, quando viu Justine dentro de uma daquelas roupas em forma de saco que ela tinha começado a usar. "Isso saiu do armário da Mamãe Hubbard?"

"Mamãe Hubbard" era um tipo de vestido largo que algumas mulheres da época vitoriana usavam, cobrindo-se da cabeça aos pés para não precisar vestir espartilho — a comparação de Brett era exagerada, mas nem tanto! A própria Brett, claro, exibia sua linda figura em toda oportunidade. Eu achava, imagino, que o jeito dela de se esconder e adotar o culto do básico e do conforto era resultado de vergonha e falta de amor-próprio, e achava isso porque eu mesma sempre me senti assim. Eu basicamente temia ter falhado em algo essencial no que diz respeito ao feminino de Justine, ou pior, que tivesse inadvertidamente feito a ela o mesmo que tinham feito a mim. Cresci odiando o meu aspecto físico e acreditando que a feminilidade fosse um aparato — como um espartilho — para tirar da vista os fatos repulsivos: para mim, era impossível aceitar o que havia de feio em mim, assim como aceitar qualquer outro tipo de feiura. Uma mulher como Brett, portanto, me transtornava profundamente, não apenas porque ela se deleitava em se expor, mas também porque eu sentia que dessa maneira ela era capaz — sem qualquer malícia — de expor outras pessoas.

Assim, quando certo dia ela chegou furtivamente por trás de Justine na cozinha e, rindo, puxou a bata dela pela barra, arrancando-a pela cabeça, de modo que o corpo jovem da minha filha em roupa íntima se revelou ali no meio da minha cozinha para que todo mundo o visse, eu estava pronta para mostrar que ela tinha um plano e eu ia desmascará-la.

"O que acha que está fazendo?", gritei, algo que eu queria dizer desde o dia em que nos conhecemos. "Quem você pensa que é?"

Justine estava soltando uns gritinhos abafados, que logo entendi serem indicativos de que ela estava rindo, mas mesmo assim eu estava furiosa e chateada, como se tivesse sido a minha carne que Brett relevara de modo tão implacável.

"Desculpe", disse Brett, colocando seu rosto lindo e cheio de remorso perto demais do meu e apoiando uma mão conciliatória no meu braço. "Foi muito delirante?"

"Nem todo mundo aqui gosta de se exibir", eu disse, maldosamente.

Justine, contudo, não ficou nem um pouco brava com Brett depois desse episódio e até permitia de vez em quando que a chamassem de Mamãe Hubbard, o que me deixava pessoalmente irritada, até que um dia percebi que os panos de saco tinham desaparecido e minha filha estava passando por uma transformação. Certa tarde, saí da casa em plena luz do sol e vi os corpos delas sentados na grama, e por um momento pensei não conhecer nenhuma das duas — duas mulheres jovens contentes, rindo, seus membros expostos ao sol, como duas ninfas nos primórdios do mundo que pousaram no nosso gramado!

"Brett quer me ensinar a velejar", Justine disse logo em seguida. "Você acha que Tony nos deixaria usar o barco?"

"Melhor você mesma pedir a ele", eu disse. "Tem certeza de que ela sabe mesmo como se faz? Não é como conduzir um barco a motor pelo Mediterrâneo. Acho que ele ficaria preocupado."

"Ela já cruzou o Atlântico velejando sozinha!", Justine exclamou quando levantei essas objeções. "Fizeram até uma exposição em Nova York com as fotos dela da viagem!"

Bem, foi difícil me conter e não começar na hora a desmascarar Brett e obrigar Justine a reconhecer a natureza extravagante das afirmações dela sobre a própria vida, mas parecia razoável esperar que os fatos viessem à luz por si mesmos. Deixei que Tony iluminasse cruelmente essas questões sobre Brett e em segredo me senti culpada por ter permitido que Justine se ligasse a alguém que mentia e aumentava seus feitos, assim como decepcionada por lembrar que havia sido L quem a trouxera para perto de nós sem ter sido convidada.

"Ela sabe velejar", Tony me disse, para minha grande surpresa, depois de eu tê-lo forçado a ir falar com Brett sobre o assunto. "Ela tem o certificado, ela me mostrou."

Tratava-se de uma certificação internacional, Jeffers, que aparentemente permitia ao portador pilotar qualquer iate grande em qualquer lugar do mundo. Nosso velho veleiro de madeira, então, nem se fala! Justine sempre adorou sair com Tony naquele barco, ainda que tenha resistido às tentativas dele de ensiná-la a velejar. Acredito que seja possível dizer que ela não tinha certeza de que os adultos que a cercavam poderiam lhe ensinar alguma coisa, nem mesmo Tony. Além disso, ela não via por que aprender, ela dissera, uma vez que era pouco provável que ela mesma tivesse um barco, e Kurt tinha parecido reforçar esse ponto de vista, em que o medo se disfarçava de bom senso ou até desdém. Eu conseguia até vê-lo pensando que, se Justine aprendesse a velejar, ela poderia um dia subir num barco e ir embora! Nesse e em outros sentidos, Kurt e ela pareciam estar dando as costas ao risco e à aventura. Mas agora a vi começar a se rebelar contra essas regras, ao mesmo tempo que eu, secretamente, tinha me resignado a elas e também ao futuro no qual elas prometiam confinar Justine.

O que estou tentando dizer, Jeffers, é que ao ver Justine começando a se separar de Kurt e a questionar o controle que ele exercia sobre ela, eu estava, de uma maneira muito estranha, vendo-a me ultrapassar, como se estivéssemos em uma corrida, em pontos diferentes do tempo mas na mesma pista, e ela saltou o lugar em que eu catastroficamente caí com uma habilidade e força superiores e continuou a correr. A semelhança que eu via entre Kurt e o pai dela era um produto notável do meu inconsciente, porque eu tinha medo deste último e por isso o via como algo ameaçador e imenso, enquanto Kurt eu menosprezava, imaginando-o grudento e fraco. Mas Kurt não era fraco: os homens nunca são. Alguns deles admitem sua força e a usam para o bem, outros conseguem fazer seu desejo de poder parecer atraente, outros ainda recorrem a decepção e conivência para administrar um egoísmo que eles mesmos temem de certa forma. Em outras palavras, se Kurt era fraco, o pai de Justine também teria sido, e foi isso que o incidente com a fotografia me revelou. Boa parte do poder reside na habilidade de ver a disposição das outras pessoas em entregá-lo a você. O que eu, com desprezo, tinha pensado ser fraqueza em Kurt era a mesma força que tinha aniquilado a minha vida durante todos aqueles anos do passado e que mesmo agora eu só tinha reconhecido por acaso.

Aquelas primeiras semanas da estadia de L, enquanto Tony instalava o sistema de irrigação, Brett invadia nossa vida e o tempo quente nos mantinha numa espécie de prisão, tinham o aspecto de uma pausa ou intervalo, e as mudanças que ocorriam eram como as mudanças de figurino e cenário que acontecem nos bastidores. E lá estava eu, um público formado por uma pessoa só na plateia: quase parecia que eu estava olhando para isso tudo pelo lado errado do telescópio e vendo as coisas com uma distância maior do que costumava fazer, talvez porque eu mesma não estivesse especialmente no foco de atenção de ninguém. Períodos assim podem parecer insinuações da morte, até que alguém se lembre de que é a presença do público que permite afinal que todo o espetáculo seja montado. Mas eu tinha consciência de um lugar vago ao meu lado, onde L deveria estar: sentia que podíamos ter assistido e entendido juntos. Eu controlava minha decepção e meu pesar por meio da esperança de que ele aparecesse em breve.

Como Tony estava muito ocupado com as mangueiras, ele não tinha tempo de transplantar as mudas da primavera para a horta, então tive de me oferecer para fazer isso, ainda que eu não gostasse de ter de fazer esse tipo de trabalho. E não por preguiça, mas pelo sentimento de que a minha vida envolveu um excesso de tarefas práticas, de maneira que, se eu somar uma que seja ao total, vou provocar um desequilíbrio na balança e ser obrigada a admitir que falhei em viver como sempre quis. O problema era encontrar alguma coisa para compensar: eu tinha uma boa capacidade, como já disse, para passar todo o meu tempo livre apenas sentada, encarando o nada à minha frente. E então, no minuto em que alguém me pedia para ir fazer alguma coisa, eu imediatamente me sentia oprimida! Tony entendia isso muito bem e praticamente não esperava que eu levantasse um dedo, e a única coisa que o incomodava era que eu não conseguisse empenhar essa minha necessidade de prostração dormindo ou numa passividade mental. Sempre pulei cedo da cama, indo para lá e para cá cheia de energia e força de vontade, e bastante capaz de dar a volta ao mundo, mas essa minha outra parte não me permitia fazer isso. Tony dormia profunda e longamente, e quando acordava carregava consigo a balança que equilibrava seus prazeres e suas obrigações, para que nunca se sobrecarregasse com o excesso de um deles. Eu o observava fascinada, Jeffers, tentando aprender. Ele fazia e comia o café da manhã com uma lentidão lancinante, enquanto eu devorava o meu como um bicho, de maneira que já tinha acabado muito antes de parar de sentir fome. Ele inventava de se ocupar com algumas coisas que só me provocavam muita impaciência, como o rádio velho quebrado que eu queria jogar fora mas que ele estava decidido a consertar, ainda que o tenha substituído por um novo. Ele passou muito tempo nisso, a mesa da cozinha coberta com todas as peças, e bem quando começamos a brigar por causa disso, o rádio desapareceu. Alguns dias depois, precisei ir falar alguma coisa com ele, que estava no campo, no trator, e ao me aproximar pelo gramado escutei com clareza uma ária de *Alcina*, de Händel, repicando por sobre o barulho do motor. Ele tinha instalado o aparelho no trator para poder ouvir música enquanto dirigia para cima e para baixo!

Tony acreditava que eu tinha mais que cumprido minha cota de trabalho e que, a essa altura da vida, eu devia era aproveitar, mas o que ele não tinha levado em conta era a dificuldade para o prazer e a diversão em uma pessoa que nunca de fato os valorizou. Ele pensava que eu deveria me orgulhar do que eu tinha passado e do que eu tinha conquistado e andar por aí como uma espécie de abelha-rainha, mas, enquanto isso, eu tinha passado a ver o mundo como um lugar perigoso demais para parar e me parabenizar. A verdade era que sempre supus que o prazer estivesse guardado para mim, como algo que eu estivesse acumulando num banco, mas quando fui atrás dele, descobri que o cofre estava vazio. Ao que parece, era uma entidade perecível, eu deveria ter ido buscá-lo um pouco antes.

O que eu queria agora era um trabalho ou uma distração que significassem algo, mas por mais que eu tentasse, não conseguia encontrar significado naquelas mudas! Ainda assim, calcei minhas botas velhas, peguei a pá e o ancinho, e suspirando muito me arrastei até os canteiros dos vegetais para começar minha tarefa. Quando estava descarregando as bandejas de brotinhos verdes do carrinho de mão, quem aparece ao meu lado se não Brett, toda leve e adorável num vestido amarelo cor de pólen, nos pés, sandálias prateadas que faziam o maior contraste possível com os meus, todos enlameados e grotescos.

"Precisa de ajuda?", ela disse, animada. "L está com um humor do cão hoje, então pensei em sair de perto."

Bem, Jeffers, confesso que toda a minha irritação com a presença de Brett e meu sentimento de ter sido ludibriada não tinham ainda me permitido pensar sobre como seria para ela estar presa aqui com desconhecidos, dividindo um espaço limitado com um homem reconhecidamente intratável, com quem ela mantinha um relacionamento que não estava claro. Não sou o tipo de mulher que entende outras mulheres ou simpatiza com elas intuitivamente, talvez porque não entendo nem simpatizo muito nem comigo mesma. A mim parecia que Brett tinha tudo, mas naquele momento eu vi, num lampejo, que ela não tinha absolutamente nada, e que o jeito invasivo e desinibido dela era apenas sua maneira de sobreviver. Ela era como aquelas plantas trepadeiras que precisam crescer em cima das coisas e ser sustentadas por elas, em vez de possuir um apoio completo apenas para si mesmas.

"É muita gentileza", eu disse, "mas melhor você não sujar suas roupas tão elegantes."

"Ah, não se preocupe", ela disse. "É um alívio poder se sujar às vezes."

Ela pegou a pá e se agachou ao lado das bandejas de mudas.

"Se cavarmos uma pequena vala", ela disse, "vai ser mais fácil."

Eu estava bastante contente em deixá-la tomar a frente e me acomodei no chão enquanto ela fazia uma vala rasa com muita habilidade e cuidado ao longo de todo o canteiro. Perguntei se L costumava ficar de mau humor, ela parou o que estava fazendo, jogou a cabeça para trás melodramaticamente e riu.

"Sabe o que ele diz? Que está no climatério!"

"Climatério? Como uma mulher?"

"É exatamente isso o que ele diz. Com a diferença de que as mulheres nem devem mais usar essa palavra, imagino."

Achei essa ideia bastante interessante, Jeffers, apesar de Brett zombar dela: me parecia ser algo que podia muito bem acontecer a um artista quando havia uma perda ou alteração das fontes de potência. Ah, o sentimento amargo de ser dispensado e lançado ao sangue e à própria sorte! Ser carregado e depois descartado ao sabor dos ímpetos de alguém: por que um artista não sentiria isso, mais que qualquer pessoa?

"Na minha opinião", Brett disse, "é todo o resto que está passando por uma fase de mudança, não ele. Ele preferia como era antes. Está fazendo manha, só isso. Ele quer de volta todas as coisas que fingia não se importar de ter."

O mercado de arte havia desmoronado completamente, ela continuou, depois de anos de uma supervalorização intensa, então havia muita gente no mesmo barco que L — e bem pior, porque não tinham o mesmo pedigree que ele. Mas havia outros — em menor número — cujas reputações e fortunas haviam sobrevivido incólumes.

"Alguns desses são, por acaso, mais jovens que ele", ela disse, "e de outra cor, e uns outros são na verdade mulheres, o que intensifica esse sentimento de que o mundo está contra ele. A questão é que ele se sente impotente."

"Mas ele *é* alguém", eu disse.

Brett deu de ombros discretamente.

"Acho que ele estava se acomodando, se encaminhando para uma aposentadoria longa e luxuosa como uma eminência artística. Ele tem muitos amigos ricos", ela acrescentou, em voz baixa. "Ele levaria um ano inteiro para visitar todos eles, e quando tivesse terminado o tour, poderia recomeçar e visitar o primeiro novamente. A maioria investia pesado no trabalho dele e, se ele telefonasse para eles agora, estariam sentados encarando as paredes que perderam noventa por cento do seu valor." Ela continuou, levantando as mudas das bandejas com agilidade e começando a posicioná-las numa linha pela vala. "Acho que foi a melhor coisa que poderia ter acontecido a ele. Voltar a ser reduzido a nada. Ele é jovem demais para ficar sentado bebendo martínis na piscina de outra pessoa."

Perguntei quantos anos ela mesma tinha.

"Trinta e dois", ela disse, sorrindo. "Mas você tem que prometer não contar a ninguém."

Ela contou que conheceu L por meio do seu primo rico, aquele que os tinha trazido de avião.

"Ele é um cara bizarro", ela disse. "Costumava me trancar num armário nas festas de família quando eu era pequena e colocar a mão por baixo do meu vestido. Hoje ele parece um monstro marinho. Mas virou colecionador, como todos eles. Eles têm tão pouca imaginação, não sabem o que mais fazer com o dinheiro. Não é engraçado como estão determinados a provar que aquilo que não se pode comprar pode, sim, ser comprado, no fim das contas? Na verdade, conheci L na casa dele e depois o convenci a comprar uma boa parcela de esboços que estavam parados no estúdio de L, e como ele não entende nada de arte, pagou de bom grado um valor alto demais por eles e ainda nos trouxe para cá como parte do negócio. Esse é todo o dinheiro que L tem", ela acrescentou, "por enquanto."

"E você?", eu disse, bastante horrorizada com tudo isso.

"Ah, eu sempre tive dinheiro. Muito já foi gasto, claro, mas tenho o suficiente. Esse é o meu problema. Não tenho motivação." Ela fez uma careta e desenhou aspas no ar com os dedos, ao dizer essas palavras. "Fui atraída por L porque ele parecia tão amargo, bravo, rebelde, e dificilmente conheço pessoas assim no mundo em que vivo. Esqueci de me perguntar o que mesmo ele estava fazendo naquele mundo!"

Ela me contou o quanto gostava de Justine.

"Ela é tão honesta", ela disse. "Você que a ensinou?"

Eu disse que não sabia. Com certeza eu tinha sido honesta *com* ela, mas isso não era exatamente a mesma coisa.

"Honestidade demais pode cansar as pessoas", eu disse. "Faz com que queiram se esconder, ou disfarçar."

"Com certeza", disse Brett. "Quando eu tinha onze anos, fiquei tão exausta das pessoas querendo me mostrar coisas que elas fingiam não ser para mim, que decidi me tornar freira! Eu sempre ficava decidindo o que me tornaria — acho que fazia isso com a esperança de encontrar alguma coisa que eu não pudesse fazer."

Ela me perguntou como conheci Tony e vim morar aqui, e eu lhe contei a história e como aconteceu completamente por acaso. Era estranho, eu disse, viver uma vida que não tinha ligação alguma com o que você tinha sido ou feito antes. Não havia um fio que tivesse me conduzido a Tony, nem percurso algum entre este lugar e onde eu vivia antes, por isso meu conhecimento daqui e dele tinha vindo de uma fonte completamente diferente. Havia um lugar não muito longe, contei a ela, uma espécie de arquipélago em que o mar fez essas imensas fissuras na terra, e em lados opostos de um desses corpos muito longos e estreitos de água há bancos com duas aldeias, uma defronte à outra. Levaria horas, literalmente, para ir de uma à outra de carro, atravessando quilômetros e quilômetros pelo interior e então saindo de novo para o litoral, e no entanto elas veem uma à outra com muita clareza, até mesmo as roupas penduradas no varal da outra! Minha situação podia ser ilustrada por algo dessa separação, eu disse, que consistia não em estar distante, mas em ser instransponível: eu estava mais acostumada com aquilo que via do que com aquilo que eu na verdade era, e por isso eu sabia exatamente como teria sido estar lá e olhar para cá. Mas não tinha certeza de qual era o aspecto daqui. Mas sabia ter tido sorte de conhecer Tony.

"É assustador viver baseado na sorte", ela disse, com alguma nostalgia.

Então ela me perguntou, sem rodeios, se eu pensava estar apaixonada por L!

"Não", eu disse, embora a verdade, Jeffers, era que eu própria tinha começado a pensar a mesma coisa. "Só quero conhecê-lo."

"Ah", ela disse. "Eu estava me perguntando o que você sentia."

"E *você*, está apaixonada por ele?", perguntei.

"Sou só uma amiga", ela disse, limpando a terra das mãos e colocando as bandejas vazias de volta no carrinho de mão. "Ele foi muito louco por mim, por um tempo. Acho que pensou que eu poderia consertá-lo sexualmente, mas não posso. Ele é um desastre nesse departamento. Mas, em vez disso, estou convencendo-o a me ensinar a pintar. Ele diz que tenho alguma habilidade. Acho que vai ser minha próxima profissão!"

Tony me surpreendeu muito ao dizer que posaria para L. Ele foi até a segunda casa numa manhã clara e fresca e voltou muitas horas depois.

"Não sei por que aquele homem simplesmente não se mata", ele disse.

Ele concedeu outras duas sessões para L e depois disso tinha trabalho demais para fazer. Grandes cardumes de cavala tinham chegado de repente em nossas águas, e ele e os homens estavam saindo todos os dias com os barcos e então vendendo a pesca. Isso significava que tínhamos cavala fresca no jantar, mas também que Tony ficava fora do amanhecer ao pôr do sol.

Chegou um pacote para L, uma caixa grande em frangalhos coberta de selos internacionais, e como Brett e Justine tinham ido de carro para a cidade juntas, eu mesma a levei até ele. Em todo esse tempo eu não tinha colocado os pés lá e não encontrara L sozinho desde aquela primeira manhã, quando ficamos parados junto da proa do barco e conversamos. É difícil dizer o que senti exatamente, Jeffers, apenas que dentro de mim havia uma decepção dormente, para a qual eu não conseguia encontrar uma justificativa. Talvez fosse apenas que, embora L e Brett tivessem estado conosco por cerca de três semanas a essa altura, absorvemos a chegada deles sem que ela nos acrescentasse algo. Brett velejava alegre na superfície, enquanto L tinha afundado como uma pedra em águas profundas. Eu realmente não saberia dizer qual era o problema ou explicar a minha decepção e de quais expectativas elas resultavam — estávamos acostumados a essas visitas tomarem as formas mais imprevisíveis —, e tudo o que eu conseguia pensar era que, de algum modo, ela remontava à questão da gratidão que havia surgido desde o início, naquela primeira conversa com L. Acho que nunca tinha me deparado com um caso tão flagrante de falta de gratidão como o dele, e o que me lembrava era que ele tinha oferecido sua gratidão nas primeiras palavras que dirigiu a mim e que eu tinha rechaçado essa oferta.

A caixa era mesmo bastante pesada e desajeitada para se rebocar até lá em cima, pela clareira. A porta da segunda casa estava aberta para o mundo, parei na soleira, pousei a caixa do lado de dentro e fiz uma pausa para recuperar o fôlego. Dali eu via as janelas que corriam na parede da frente da sala grande, e não consegui segurar um grito:

"Minhas cortinas!"

As cortinas tinham sumido — só restavam os varões nus! Ao som da minha voz, L se virou, eu não tinha percebido, mas ele estava sentado de costas para mim num canto distante da sala. Estava curvado em cima de um banco de madeira, vestindo um grande avental manchado de tinta, uma tela num cavalete diante dele. Não tinha pincel nem nenhuma outra ferramenta na mão: até onde podia dizer, ele estava simplesmente sentado encarando a tela.

"Nós tiramos as cortinas", ele disse. "Elas estavam atrapalhando. Estão bem guardadas", acrescentou, e então disse algo bem baixinho, algo que pareceu "minhas cortinas", articulado num tom desagradável de zombaria.

A tela diante dele era um terreno lamacento e indistinto, com formas escarpadas fantasmagóricas caindo em cascata no centro. Era muito tênue, como se estivesse apenas começando a surgir, portanto era difícil decifrar algo nela, a não ser que as formas montanhosas não tinham relação alguma com o que se podia ver através das janelas nuas.

"Isso chegou para você", eu disse, apontando a caixa.

A expressão dele se animou ao ver a caixa e a luz nos seus olhos se acendeu.

"Obrigado", ele disse. "Deve ter sido difícil de carregar."

"Não sou nenhuma fracote", eu disse.

"Mas você é muito pequena", ele disse. "Podia ter machucado as costas."

Talvez tenha sido a maneira tranquila e indistinta com que ele falou, ou talvez tenha sido a minha dificuldade em aceitar comentários sobre a minha pessoa, mas no momento em que ele fez essa observação sobre meu tamanho, passei a não ter certeza se ele tinha mesmo dito aquilo — e continuo sem saber até hoje! Isso era tão característico dele, Jeffers, borrar a interface daquilo que posso apenas chamar de aqui e agora. As coisas perdiam a forma e se tornavam impalpáveis, quase abstratas, quando normalmente ficariam mais nítidas. Estar com ele em determinado espaço e tempo era o extremo oposto de estar com outras pessoas: era como se tudo já tivesse acontecido ou fosse acontecer depois.

"Alguém tinha que trazer", eu disse.

"Sinto muito pelo inconveniente", ele disse.

Ficamos parados, um encarando o outro, e se tem algo que aprendi com Tony foi ter certa resistência em disputas desse tipo. Mas no fim das contas eu estava disposta a declarar minha derrota, comecei a dizer que ia voltar para a casa quando, no mesmo instante, ele disse:

"Você quer sentar?"

Ofereceu um banco ao lado do dele, mas em vez disso fui me sentar na velha cadeira com encosto de madeira ao lado da lareira vazia, um móvel que mantive durante toda a minha vida adulta e que, por motivos que eu tinha esquecido, decidi colocar lá, na segunda casa. Talvez ela me lembrasse demais a vida antes de Tony e por isso não parecia pertencer a nossa casa: qualquer que seja o motivo, foi reconfortante revê-la naquele dia e lembrar que ela existia desde antes de todas as coisas que estavam acontecendo então e continuaria a existir no futuro.

"Nós a chamamos de cadeira elétrica", L disse. "Ela tem um formato muito parecido, é até inquietante."

"Posso tirá-la daqui, se quiserem", eu disse, de um jeito frio.

"Pare com isso", ele disse. "Estava só brincando."

Impassível, fiquei ali sentada e pela primeira vez olhei direito para L. Como posso descrevê-lo para você, Jeffers? É tão difícil dizer como é a aparência de uma pessoa quando você já a conhece — muito mais fácil dizer como é estar perto dela! Quando o vento leste sopra no pântano, ele faz tudo parecer muito frio e inconciliável — bem, L tinha algo de um vento leste e, como esse vento, ele se instalou e ali ficou, imóvel, para então soprar. Outra coisa a respeito dele era como a questão de masculino e feminino de algum modo pareciam teóricas em sua presença, imagino que por ele deixar bem claro seu desprezo pelas convenções. Em outras palavras, ele solapava as ideias comuns sobre o que são homem e mulher.

Ele era muito pequeno e bem constituído, nada imponente em termos físicos, mas havia sempre a sensação de que a qualquer momento ele poderia irromper num ato violento — um sentimento de que mantinha os impulsos permanentemente sob controle. Caminhava de um jeito cuidadoso, como se tivesse se machucado no passado, mas acho que na verdade era apenas uma consequência da idade, talvez porque tivesse pensado que seria jovem para sempre. E ainda parecia muito jovial, em parte por ter traços tão bem desenhados, principalmente as sobrancelhas escuras, formando um arco bem marcado sobre os olhos arregalados, preenchidos pela luz que já descrevi. O nariz era pequeno e aristocrático: um nariz de esnobe. Tinha uma boca pequena, delicada, com lábios carnudos. Havia algo de mediterrâneo nele — uma característica, como eu disse, de um desenho bem delineado. Estava sempre muito limpo e bem cuidado, absolutamente diferente de como se imagina que seja um artista. Em compensação, o avental de pintura era um pedaço de pano horrendo, coberto por uma camada de imundície como um avental de açougueiro. Pela primeira vez notei que os dedos da sua mão esquerda eram ligeiramente deformados — eram tortos e nas pontas, aplainados.

"Um acidente na infância", ele disse, ao perceber que eu olhava para eles.

Sim, ele era um homem atraente, mas de algum modo indecifrável para mim: emanava um tipo de neutralidade física que levei para o lado pessoal e interpretei como um sinal de que não me considerava uma mulher de verdade. Como disse antes, ele fazia com que eu me sentisse extremamente não atraente, e confesso ter me vestido bem nesse dia, antecipando que o veria. Mas ele era tão diminuto e reservado, não era o tipo de homem por quem me sinto fisicamente atraída — eu poderia ter me preservado se quisesse! Em vez disso, sucumbi a uma sensação de abjeção, na qual havia um sentimento de esperança completamente ilógico. Eu queria que ele fosse mais do que era, ou que eu de algum modo fosse menos do que era, e por querer essas coisas o meu desejo foi suscitado — de todo modo, havia a sensação de ter um desconhecido entre nós que despertou uma parte perigosa minha, a parte que fazia com que parecesse que eu não tinha de fato vivido. Foi essa mesma parte — ou um aspecto dela — que tinha me atraído para Tony, que eu também não reconhecera de imediato por completo e por quem não me imaginaria atraída. Tony também me despertou, mas para a existência em mim de uma imagem masculina fixa, à qual ele não correspondia. Para enxergá-lo, tive de usar uma competência em que eu não confiava completamente. Acabei percebendo que, durante toda a minha vida, essa imagem havia me levado de diferentes modos a reconhecer determinadas pessoas e considerá-las reais, enquanto outras permaneciam bidimensionais, sem ser notadas. Entendi que eu não deveria mais confiar nessa imagem, e, com o tempo, o mecanismo para não confiar e não acreditar nela, e então ser recompensada por isso, acabou por substituir minha verdadeira confiança e crença: mais do que o próprio Tony, mais do que a diferença geográfica em relação à minha vida anterior, foi isso, acho, que formou boa parte do golfo que me separa de quem fui.

Muitas vezes me perguntei, Jeffers, se os verdadeiros artistas são as pessoas que conseguiram descartar ou restringir sua realidade interior bem cedo, o que talvez explique como alguém sabe tanto da vida com uma parte de si enquanto não entende absolutamente nada sobre ela com a outra parte. Depois que conheci Tony e aprendi a invalidar meu próprio conceito de realidade, tomei consciência de quão vasta e indiscriminadamente eu era capaz de imaginar coisas e de quão friamente eu conseguia refletir sobre os produtos da minha própria mente. A única experiência que eu tinha tido de tal fenômeno na minha vida anterior tinha sido a repulsa com que, em determinado momento, eu havia me imaginado praticando alguma violência contra mim mesma: foi nesse momento, acredito, que minha crença na vida que eu estava levando e minha incapacidade de continuar vivendo estavam disputando uma espécie de duelo de morte. Acho que eu vislumbrava algo nesses momentos, um horror ou um ódio por mim mesma, que era como o umbral para uma parte rasteira da personalidade: foi um monstro que vi, Jeffers, um colosso feio, seviciador, e bati a porta na cara dele o mais rápido que consegui, mas não rápido o suficiente para impedi-lo de arrancar um pedaço imenso de mim. Depois, quando vim morar no pântano e resgatei minhas memórias, descobri que eu tinha uma imagem muito cruel de mim mesma. Nunca desejei tanto ser capaz de criar algo do que naquela época. Sentia que apenas isso — expressar ou refletir algum aspecto da existência — poderia expiar o conhecimento terrível que eu parecia ter adquirido. Tinha perdido a crença cega nos acontecimentos e na imersão no meu próprio ser, que, até aquele momento, percebi, tinha tornado a existência suportável. Essa perda parecia constituir nada menos que o ganho de uma autoridade de percepção. Parecia ser uma autoridade para além da linguagem: eu tinha tanta certeza de visualizá-la que até comprei materiais de pintura e me instalei em um canto da casa, mas o que experimentei ali foi o oposto de liberação, Jeffers. Em vez disso, foi como se uma deficiência total e permanente tivesse se apoderado do meu corpo de repente, uma paralisia em que eu teria de viver, consciente, para todo o sempre.

Como disse Sófocles: como é terrível saber a verdade quando a verdade não pode lhe trazer ajuda alguma!

Mas o objetivo aqui é traçar um retrato de L: meus pensamentos sobre percepção e realidade são úteis apenas na medida em que expressam minha compreensão canhestra de quem e do que era L e de como sua mente funcionava. Eu desconfiava que a alma do artista — ou a parte da alma em que ele *é* um artista — deve ser completamente amoral e livre do viés pessoal. E, uma vez que a vida, conforme caminha, trabalha para reforçar nosso viés pessoal cada vez mais, como uma maneira de nos permitir aceitar as limitações do nosso destino, o artista deve permanecer especialmente atento de modo a evitar tais tentações e escutar o chamado da verdade quando ele vem. Esse chamado, acredito, é a coisa mais fácil do mundo de deixar passar — ou então de ignorar. E a tentação de ignorá-lo ocorre não apenas uma, mas mil vezes, o tempo todo, até o fim. A maioria das pessoas prefere cuidar de si mesma a cuidar da verdade, e então fica se perguntando para onde foi seu talento. Isso não tem tanto assim a ver com felicidade, Jeffers, ainda que seja preciso dizer que os artistas que conheci que chegaram mais perto de consumar sua visão também eram os mais desventurados. E L era um desses: sua infelicidade o rodeava como uma neblina densa. Mas eu desconfiava que isso estava estreitamente relacionado a outras coisas, como sua idade, o esmorecimento da masculinidade, a mudança de situação: em outras palavras, ele desejava ter cuidado *mais* de si mesmo, não menos!

Ele começou a falar, sentado ali no banco, sobre uma época que passou na Califórnia, quando era jovem, exatamente depois do primeiro auge dramático de seu sucesso precoce. Tinha comprado uma casa na praia tão perto da água que, quando as ondas quebravam, quase chegavam brancas e espumantes dentro da própria casa. O som e a ação fascinantes do oceano lançam um tipo de feitiço ou encanto, por meio do qual ele viveu e reviveu o mesmo dia até não perceber mais que o tempo passava. O sol batia forte e retornava para o céu borbulhando em uma espécie de nevoeiro produzido pelas ondas que batiam, formando um muro de fosforescência circular, parecido com uma tigela de luz. Viver numa tigela de luz, fora do mecanismo do tempo — isso, ele admitiu —, era liberdade. Ele estava com uma mulher chamada Candy, e a doçura revelada pelo próprio nome a definia — tudo nela era puro e delicioso açúcar. Durante todo um verão eles viveram na areia e rolaram na água luminosa, mal se vestindo, a pele tão bronzeada que era como se algo dentro deles tivesse se tornado eterno, como duas figuras de argila queimadas num forno. Ele podia passar o dia todo olhando para ela, a maneira como ficava parada de pé, ou deitada, ou caminhava, e não a desenhou nenhuma vez, porque ela parecia ter arrancado aquele espinho do coração dele e o trazido para um estado de intimidade atordoante. Ela já era a representação mais precisa possível de si mesma, e ele se entregou a ela como um bebê se entrega à mãe, e a doçura que recebeu em troca era uma espécie de droga que o fez conhecer pela primeira vez o que era estar alheio.

"Ela se mudou para Paris", ele disse, me amarrando à cadeira com os olhos, "e se casou com algum nobre lá, e eu não soube dela nem a vi por décadas. Mas na semana passada ela de repente me escreveu. Pegou meu contato com minha galerista e escreveu para contar sobre sua vida. Ela e o marido moram em algum lugar distante no campo, e a filha deles mora na casa da família em Paris. A filha tem a mesma idade de Candy quando moramos na praia, e isso a fez pensar de novo naqueles meses, porque a filha a faz lembrar muito de si mesma naquela idade. Ela pensou em tentar me ver, disse, mas no fim decidiu que era melhor não. Muito tempo havia passado, e seria triste demais. Mas se um dia eu fosse a Paris, ela disse, tinha certeza de que a filha adoraria me conhecer e me mostrar a cidade. Tenho pensado", disse L, "em como poderia ir para lá e como seria conhecer essa menina. A mãe renascida na filha — é tão maravilhosamente tentador, tão despropositado! Será que poderia ser verdade?"

Ele estava sorrindo, um sorriso imenso, apavorantemente luminoso, e seus olhos estavam em brasa — de repente parecia inquietante e vivo, de um jeito perigoso. Achei a história dolorida e terrível e torcia para que ele a tivesse contado com a intenção de ser cruel, porque, de outro modo, eu teria de concluir que ele era doido! Sair correndo para Paris, um sujeito de meia-idade na situação dele, com a expectativa de encontrar uma recriação de sua antiga amante e assim ter sua potência e juventude gloriosamente restauradas — seria risível, Jeffers, não fosse também tão perturbador.

"Não sei como seria ir para Paris", eu disse, bastante dura. "Não sei se é possível. Você teria que descobrir."

Como eu odiava ser obrigada àquela dureza. Ele entendia que, ao ostentar sua liberdade e a realização dos seus desejos na minha frente, estava me fazendo sentir menos livre e menos realizada do que antes de eu ter entrado por aquela porta? Ele pareceu sobressaltado quando falei, como se não esperasse que eu trouxesse uma objeção tão prática.

"É tudo tão bobo", ele disse docemente, um pouco para si mesmo. "Você se cansa da realidade e então descobre que ela já tinha se cansado de você. Devemos tentar permanecer reais", ele disse, sorrindo aquele sorriso horrível de novo. "Como Tony."

Ele soltou uma risadinha esquisita, tirou de trás do cavalete o retrato de Tony e o apoiou na parede para que eu o visse. Era uma tela pequena, mas o personagem era ainda menor — ele tinha feito Tony pequenininho! Ele estava pintado de corpo inteiro e com detalhes meticulosos, como uma miniatura antiquada, de cima a baixo, até os sapatos, de modo que ele parecia ao mesmo tempo trágico e insignificante. Era implacável, Jeffers — ele o fez parecer um soldadinho!

"Imagino que você mesma o veja como Goya o veria", ele disse, "ao alcance da mão. Ou seria a um braço de distância?"

"Nunca vi Tony por inteiro", eu disse. "Ele é grande demais."

"Ele não me deu tempo suficiente", disse bruscamente, vendo minha decepção com a pintura, como eu queria mesmo que visse. "Parecia estar muito ocupado."

Havia algo de zombaria nessa observação, como se ele estivesse acusando Tony de aumentar seus feitos.

"Ele só veio porque pensou que eu gostaria que viesse", eu disse, tristemente.

"Estou tentando encontrar algo no personagem, mas talvez esse algo não esteja ali", L disse. "Algo rompido ou incompleto." Ele fez uma pausa. "Sabe, eu nunca quis ser *inteiro* ou *completo*."

Ele estudava a pintura de Tony enquanto falava, como se ela representasse essa inteireza que ele não conseguia ou não buscava atingir e que, por isso, era estranhamente um defeito. Era uma completude que traía a fragmentação ou mutação em andamento em sua própria personalidade.

"Por que não?", eu disse.

"Sempre imaginei que fosse como ser engolido", ele disse.

"Talvez seja você quem engula", respondi.

"Não engoli nada", ele disse, tranquilo. "Só dei umas mordidas aqui e ali. Não, não quero que me completem. Prefiro tentar correr mais do que quer que esteja me perseguindo. Prefiro ficar do lado de fora, como crianças que ficam do lado de fora numa noite de verão e não entram quando as chamam. Não quero entrar. Mas isso significa que todas as minhas memórias estão fora de mim."

Então começou a falar da mãe, que ele disse ter morrido quando ele estava na casa dos quarenta anos. Sempre a achou repugnante fisicamente, ele disse — ela mesma tinha quarenta anos quando o teve, o quinto e último filho. Ela era muito gorda e grosseira, enquanto o pai era delicado e pequeno. Ele se lembrava da sensação de que os pais não combinavam, de certo modo não ornavam. Quando o pai estava morrendo, L costumava ficar sozinho ao lado de sua cama e frequentemente percebia feridas novas e outras marcas na pele dele, que apenas sua mãe poderia ter feito, já que ninguém mais visitava o quarto. Ele às vezes se perguntava se o pai tinha morrido apenas para fugir dela, mas não acreditava que o pai quisesse deixá-lo ali sozinho. Depois percebeu quanto o pai tinha tentado mantê-lo fora do caminho da mãe, e foi assim que L começou a desenhar: enquanto o pai cuidava da contabilidade ou do jardim, L estava quase sempre ao seu lado, e o desenho foi algo em que seu pai pensou para mantê-lo ocupado.

A mãe costumava pedir que ele tocasse nela: reclamava que ele nunca demonstrava nenhum carinho. Ele sentia que ela queria que ele a servisse. Ele sentia compaixão, ou ao menos pena, mas quando ela pedia que ele esfregasse seus pés ou lhe massageasse os ombros, ele se sentia nauseado pela realidade física dela. Desse modo ela revelava o que queria e o que ninguém ia lhe dar. Ele não importava — para ela, ele não existia de verdade. Ele tinha uma lembrança de quando era pequeno e estava na janela da cozinha recortando uma corrente de homenzinhos no jornal velho com uma tesoura grande, o pai em outro canto, a mãe fazendo alguma coisa no fogão. Os restos de papel caíam pelo chão como neve conforme ele cortava. Lembrava-se do som da voz dela o chamando para abraçá-la. Ela por vezes o convocava assim, como se sua própria solidão tivesse de repente se tornado insuportável. Ela ficou estranhamente emocionada ao ver os homenzinhos quando ele os desfraldou, todos juntos pelas mãos. Ficou perguntando como ele tinha feito aquilo; ele percebeu então que a tinha feito atribuir algum poder a ele, por não entendê-lo.

"Lembro de estar sempre com medo de que ela fosse me comer um dia", ele disse. "Então eu fazia coisas para mostrar a ela, para distrair sua cabeça."

Ele aprendeu a desenhar estudando animais e a anatomia deles. O matadouro lhe fornecia material ilimitado: o interessante em animais mortos era que eles ficam parados por tempo suficiente para você desenhá-los. Seu pai olhava os desenhos com atenção e o aconselhava.

"Muitas vezes pensei que é o pai que torna alguém pintor", ele disse, "enquanto o escritor vem da mãe."

Perguntei por que ele achava isso.

"As mães são umas mentirosas", ele disse. "Tudo o que elas têm é a linguagem. Elas enchem você de linguagem se você deixar."

Ele tinha pensado em se tornar escritor algumas vezes ao longo dos anos. Pensou que talvez assim conseguisse elaborar uma continuidade, anotando as coisas de que se lembrava e juntando-as. Mas apenas percebeu que se lembrava muito pouco de tudo. Ou talvez só não tenha gostado de se lembrar tanto quanto imaginou que gostaria. Ele nunca mais viu ninguém de sua família depois que o pai morreu, Jeffers, e fugiu de casa. Às vezes era adotado por outras famílias por algum tempo. No geral, foram experiências positivas, e acho que elas o ensinaram a valorizar a escolha e o desejo acima da aceitação e do destino. Ao ouvi-lo falar, percebi que ele não tinha nenhuma fibra de moralidade ou dever, não devido a alguma decisão consciente, mas porque faltava a ele um sentido elementar. Ele simplesmente não conseguia conceber a noção de obrigação. Foi isso, mais que qualquer outra coisa, o que me atraiu para ele, ainda que implicasse que ele mesmo não poderia ser atraído e ainda que eu enxergasse claramente que isso só poderia resultar em catástrofe. Acho que ele me fez perceber em que medida deixei que minha própria vida fosse definida por outros. Será que pessoas assim têm na verdade uma função moral mais elevada, que é nos mostrar de que são feitos nossos pressupostos e crenças? Dito de outro modo, o objetivo da arte se estende ao próprio artista enquanto um ser vivo? Acredito que sim, embora exista certo constrangimento em explicações biográficas, como se procurar o significado de uma criação na vida e na personalidade da pessoa que a criou seja de alguma maneira estúpido. Mas talvez o constrangimento seja apenas a evidência de um contexto cultural mais geral de negação ou repressão, do qual o próprio artista, muitas vezes, é tentado a se tornar cúmplice. Acredito que L tenha conseguido de algum modo evitar essa tentação e não sentisse necessidade de se dissociar de suas próprias criações ou alegar que elas não passavam de um produto de sua visão pessoal. E, no entanto, naquela época ele tinha obviamente se deparado com um obstáculo que não conseguia superar. Havia algo, como ele dissera, que ele tinha perdido. Mas como poderia sequer encontrá-lo, incompleto como era?

"Por que você brinca de ser mulher?", ele me perguntou, de repente, com um sorriso aberto levemente imbecil.

Não me opus a essa pergunta, porque me pareceu que ela correspondia ao que eu fazia. Foi a piada que ele fez com isso de que não gostei.

"Não sei", eu disse. "Acho que não sei como ser uma mulher. Acredito que ninguém nunca tenha me mostrado."

"Não se trata de mostrar", ele disse. "Trata-se de ser autorizada."

"Você disse, quando falamos pela primeira vez, que não conseguia me enxergar", eu disse. "Então talvez seja você que não está autorizando."

"Você está sempre tentando forçar a barra", ele disse. "É como se pensasse que nada fosse acontecer a não ser que você fizesse acontecer."

"Acredito mesmo que nada aconteceria", eu disse.

"Ninguém nunca tolheu sua força de vontade." Ele tirou os olhos de mim e olhou ao redor da sala, meditativo. "Quem paga por tudo isso?", ele perguntou.

"A casa e o terreno pertencem a Tony. Eu tenho algum dinheiro que é meu."

"Você não deve ganhar tanto assim com seus livrinhos."

Essa foi a primeira vez, Jeffers, que ele mencionou o meu trabalho — se é que se pode chamá-lo assim. Mas até aquele momento a recusa dele em saber qualquer coisa sobre mim tinha parecido uma recusa a reconhecer a minha existência, e agora entendi que o motivo disso era que ele não gostava da sensação de estar sendo coagido pela minha força de vontade. No entanto, eu estava convencida de que ele precisava da minha força de vontade, precisava dela para superar o obstáculo à sua frente e chegar ao outro lado. Nós precisávamos um do outro!

"Recebi um bom dinheiro alguns anos atrás", contei. "Meu primeiro marido, pai de Justine, colocou algumas ações no meu nome, numa espécie de esquema. Ele esqueceu que tinha feito isso e então, anos depois, quando já estávamos divorciados, o valor dessas ações disparou. Ele tentou me fazer devolvê-las, mas o advogado me disse que eu não precisava e que o dinheiro era meu, legalmente. Então fiquei com ele."

A luz estava queimando de novo nos olhos de L.

"E era muito?", ele perguntou.

"Pesando na balança da justiça, era mais ou menos o equivalente ao que ele me devia", eu disse.

L soltou uma espécie de assovio.

"Justiça", ele disse. "Que conceito pitoresco."

A sensação era mais de encerramento que de nivelamento, contei, o fim de uma corrida exaustiva. Meus livrinhos, como ele os tinha chamado, de fato mal davam dinheiro, em parte por se mostrarem a mim tão raramente e apenas quando a vida tinha tomado uma forma, em termos éticos, que eu só conseguia aceitar e pôr em palavras depois de estar de todo arrasada. Eu tinha feito vários tipos de trabalho nesse meio-tempo e vivi de nervosismo e adrenalina, e agora o maior vício em que conseguia pensar era não fazer absolutamente nada.

"Nunca me diverti o bastante", eu disse a ele. "Vivi outras coisas, mas nunca isso. Talvez seja como você disse, forço a barra para que as coisas aconteçam, e a diversão só acontece sem ser forçada."

Quando eu disse isso, adivinhe o que ele fez, senão de repente ficar de pé num pulo e para minha grande surpresa saltar para cima da mesa como um gato!

"Vamos nos divertir?", ele disse, sapateando ali em cima como um diabo inflamado enquanto eu o observava estarrecida, ainda sentada. Ele gritava e gritava meu nome, batendo os pés na mesa. "Vamos nos divertir, que tal? Vamos nos divertir!"

Realmente não me recordo de como saí dali naquele dia, Jeffers, mas me lembro de descer de volta pela clareira com a sensação de uma ferida no peito, ao mesmo tempo pesada e leve, superficial mas fatal. Naquele momento pensei no que Tony tinha falado sobre L e me perguntei como era possível que Tony sempre parecesse saber muito mais do que qualquer pessoa sobre como as coisas eram de verdade.

Kurt anunciou que tinha decidido se tornar escritor. Queria começar a escrever um livro imediatamente. Certa vez ele ouvira um escritor dizer que era melhor escrever com papel e caneta que de qualquer outra maneira, porque o movimento muscular da mão era propício à formação de frases. Kurt decidira seguir esse conselho. Pediu que, da próxima vez que alguém fosse à cidade, comprasse para ele algumas canetas e dois blocos grandes de papel sem pauta. Eu disse que, se quisesse, ele podia o usar o pequeno escritório que ficava no andar de baixo, já que era silencioso e ninguém mais precisava dele. Havia ali uma mesa de bom tamanho de costas para a janela — acho que a maioria dos escritores concordava, eu disse, que era melhor não ter nada para olhar.

Como figurino para sua nova carreira, Kurt optou por um roupão longo de veludo preto, uma boina escocesa bem enfiada na cabeça e, para coroar, alpargatas de solado de corda sem meias. Ele caminhava decidido até o escritório calçado naquelas alpargatas, carregando debaixo de cada braço um bloco de papel, as canetas no bolso do roupão, e fechava a porta. Depois, ao passar pela janela, vi que ele tinha mudado a posição da mesa para que ela ficasse de frente para o jardim e a clareira, de modo que pudesse ver e ser visto por todo mundo que passasse. Ele estava lá à janela quando você saía, estava lá quando você voltava. Uma expressão macambúzia tomava seu rosto, que olhava para o infinito, e ele parecia não conhecer você se por acaso seus olhos se cruzassem com os dele. Eu ficava me perguntando se parte de sua intenção, muito mais que se esconder, era chamar a atenção, principalmente a de Justine, e ao mesmo tempo vigiá-la, uma vez que agora ela vinha passando bastante tempo do lado de fora com Brett. Elas faziam todo tipo de coisas juntas, exercícios, aquarela, até arco e flecha usando um lindo arco de madeira antigo que, ao que parece, Brett tinha encontrado no bricabraque da cidade, consertado e polido, e uma vez que o tempo continuava quente e sem vento, elas faziam a maior parte das coisas no gramado ou à sombra das árvores na clareira, tudo sob o olhar funesto de Kurt. Algumas vezes elas saíam com o barco de Tony pelo dia todo, enquanto Kurt permanecia à sua janela, ainda que elas o tivessem convidado a ir junto. Ele tinha virado uma espécie de efígie afixada em uma moldura, recriminando a todos nós por nossa banalidade e pelo tempo que desperdiçávamos.

Ao passar boa parte do dia no escritório, Kurt tinha se declarado muito eficazmente ocupado com questões de ordem superior em relação a consertar cercas ou cortar a grama, por isso o vínculo dele com Tony logo retrocedeu. Era agora em L que ele parecia identificar um aliado natural. Às vezes eu os via no começo da noite caminhando na clareira e conversando, embora sem saber como essas conversas começaram e quem tinha tomado a iniciativa. Ouvi Kurt contar a Justine que ele e L debateram suas respectivas artes e isso me surpreendeu bastante, uma vez que já era difícil conversar abertamente com L sobre qualquer assunto de maneira natural, imagine sobre seu trabalho. Tony não se importava que Kurt não o acompanhasse mais: o que ele não tolerava era a ideia de não ter o que fazer.

De certo modo eu admirava a mudança de direção de Kurt, já que isso era ao menos uma espécie de resposta construtiva à mudança em Justine e à sua relutância em continuar brincando de esposinha. Quem sabe ele não estava escrevendo uma obra-prima! Justine me perguntou, timidamente, se eu achava que era esse o caso. Eu disse a ela que, olhando de fora, era impossível saber. Alguns dos escritores mais interessantes podiam parecer gerentes de banco, eu disse, enquanto o contador de histórias mais espirituoso poderia se tornar um chato caso sentisse necessidade de explicar cada uma de suas anedotas. Algumas pessoas escreviam apenas porque não sabiam como viver o presente, eu disse, e tinham de reconstruí-lo para vivê-lo depois.

"Pelo menos ele está se dedicando", eu disse.

"Ele já usou um bloco inteiro de papel", ela disse. "Me pediu para comprar mais na cidade."

Eu estava preocupada com o futuro de Justine, e alguma coisa no seu recente desabrochar e na independência crescente calava fundo em mim — eu quase sentia que, quanto menos precisasse me preocupar, mais triste eu ficava. Ela havia se inscrito para um programa de estudos na universidade no outono e tinha sido aceita. Não disse se Kurt iria com ela — não parecia ser algo em que estivesse pensando.

"Ela está começando a sair", Tony me disse uma noite, quando lhe confessei esses sentimentos na cama. Ele estava apontando para a janela escura, com isso entendi que ele se referia ao vasto mundo.

"Ah, Tony", eu disse, "é como se eu *quisesse* que ela se casasse com Kurt e passasse o resto de sua vida desgrenhada, perdendo tempo com ele, o servindo!"

"Você a quer em segurança", Tony disse, e era exatamente isso: ao revelar sua verdadeira beleza e potencial, ela de algum modo estava menos segura do que antes. Eu não suportava pensar nas esperanças e possibilidades que poderiam vir dessa revelação e o que seria de Justine quando elas fossem esmagadas. Bem mais seguro viver por aí como a Mamãe Hubbard, sem arriscar nada!

"Ela está mais segura lá fora", Tony disse, ainda apontando para a janela. "Se ela tiver o seu amor. Você deveria treinar o jeito de lhe dar isso."

Dar como algo que pertencesse a ela, que ela pudesse levar embora se quisesse, era isso que ele estava dizendo. Qual era a importância desse presente? A verdade era que eu questionava o valor do meu amor — não tinha muita certeza de que valeria muita coisa para alguém. Meu amor por Justine tinha algo de autocrítica: de certo modo, eu me esforçava para libertá-la de mim, quando o que ela precisava, aparentemente, era levar um pouco de mim consigo!

Percebi, ao pensar nisso, que meu princípio primordial na criação da minha filha havia sido simplesmente fazer com ela o oposto do que tinham feito comigo. Eu era boa em encontrar esses opostos e identificar onde eu deveria virar à esquerda, em vez de virar à direita, e minha bússola moral com frequência me levou a cenas da minha própria infância que me encheram de um assombro honesto, agora que eu as visitava no sentido contrário. Mas algumas coisas não têm um oposto — elas precisam surgir do nada. Talvez seja esse o limite da sinceridade, Jeffers, esse lugar onde é preciso criar algo novo, sem relação com o que havia antes, e nesse lugar, com Justine, eu muitas vezes me debatia. A característica que eu sentia faltar em mim era autoridade, e é difícil dizer qual exatamente é o oposto de autoridade, porque quase tudo parece ser o oposto disso. Muitas vezes me perguntei de onde vem a autoridade, se ela é o resultado de conhecimento ou personalidade — se, em outras palavras, é algo que se pode aprender. Todo mundo sabe identificá-la ao vê-la, mas ninguém sabe dizer exatamente de que é feita ou como funciona. Quando Tony disse que eu não conhecia meu próprio poder, talvez ele na verdade estivesse querendo falar algo a respeito da autoridade e seu papel na definição e no aprimoramento do poder. Apenas tiranos desejam o poder em si, e a parentalidade é o mais próximo que se pode chegar da oportunidade de exercer a tirania. Eu era uma tirana, exercendo meu poder sem forma, sem ter autoridade? Muitas vezes o que eu sentia era uma espécie de medo do palco, como imagino que professores inexperientes sintam quando se postam na frente da classe, olhando para um mar de rostos cheios de expectativas. Justine muitas vezes olhava para mim bem desse jeito, como se esperasse uma explicação para tudo, e depois eu sentia que nunca havia conseguido explicar nada de uma forma satisfatória para ela ou para mim.

No passado, ela havia se ouriçado e me repelido como um porco-espinho colocando seus aguilhões para fora quando eu tentava demonstrar carinho fisicamente, então adotei o costume de não tocá-la com muitíssima frequência, e no fim esqueci a quem de nós duas pertencia esse comportamento acanhado. De todo modo, decidi começar por aí, com uma aproximação física, no meu treinamento para dar amor. Na manhã seguinte à minha conversa com Tony, fui até ela na cozinha e a envolvi com meus braços, e por um momento foi como abraçar uma arvorezinha que não se mexe nem reage e mesmo assim deseja ser abraçada — agradável, mas sem qualquer estrutura determinada ou noção do tempo. O importante foi que ela não pareceu tão espantada assim e me deixou abraçá-la por tempo suficiente para que eu entendesse que eu tinha direito a isso. Quando decidiu que o abraço tinha chegado ao fim, ela deu uma risadinha, um passo para trás e disse:

"Será que devíamos arrumar um cachorro?"

Justine me perguntava muitas vezes por que Tony e eu não arrumávamos um cachorro, já que um cachorro cabia perfeitamente na nossa vida e ela sabia que Tony já tinha tido alguns antes de me conhecer. Ele tinha uma foto de seu cachorro predileto, um spaniel marrom chamado Pega, do lado da nossa cama. A verdade, Jeffers, era que eu tinha medo de que, se Tony arrumasse um cachorro, o animal se tornaria o centro das atenções dele e ele lhe dedicaria a amizade e o carinho que cabiam a mim. Em certo sentido, me sentia competindo com esse animal de estimação hipotético, que teria muitas características — lealdade, devoção, obediência — que eu mesma acreditava já demonstrar. Mesmo assim eu sabia que Tony queria mesmo muito um cachorro, e que na sua cabeça não confundia o que tinha comigo com as recompensas e responsabilidades de ter um animal. Tomei isso como uma evidência de que ele não estava completamente convencido da minha lealdade ou obediência, e talvez até de que uma parte dele acharia mais fácil fazer carinho num cachorro do que numa mulher-feita, e apenas uma declaração dele de que não desejava mais ter um cachorro teria me convencido do contrário. Mas ele não tinha intenção alguma de declarar algo desse tipo — tudo o que sabia, ou que admitiria saber, era que eu não gostaria de ter um cachorro, e por isso o assunto estava encerrado para ele.

Se eu fosse psicóloga, diria que esse não cachorro acabou por corresponder ao conceito de segurança, e o reaparecimento dele na cena do meu abraço com Justine parecia confirmar essa suposição. Menciono isso porque ilustra como, no que diz respeito a ser e tornar-se, um objeto pode permanecer sendo ele mesmo até quando submetido a perspectivas conflitantes. O não cachorro representava a necessidade de confiar em seres humanos e se sentir seguro com eles: eu preferia assim, mas bastava a Tony e Justine sentir o cheiro dessa proposta e eles levavam um susto. Mas o não cachorro era um fato, pelo menos para mim e para Tony, e tínhamos conseguido chegar a um acordo até quando ele tinha diferentes significados para cada um de nós. O fato representava a divisa ou a separação entre nós, e entre quaisquer duas pessoas, que é proibido atravessar. Isso é bastante fácil para alguém como Tony e muito difícil para alguém como eu, que tem dificuldade em identificar e respeitar tais divisas. Preciso extrair a verdade de uma coisa, cavar e cavar até trazê-la dolorosamente à tona — outra característica de cachorro. Em vez disso, tudo que eu podia fazer era desconfiar, do meu lado da divisa, de que os dois principais destinatários do meu amor — Tony e Justine — desejavam ambos, em segredo, uma coisa sem voz nem senso crítico para amá-los, em vez de mim.

Justine é bastante musical e muitas vezes cantava e tocava violão para nós de noite, quando nos sentávamos em volta da fogueira. Ela tem uma voz muito doce e um ar melancólico e penetrante quando canta que sempre achei comovente. Vinha ensaiando uma canção com Brett, cuja harmonia ela tinha composto, e elas decidiram apresentá-la para nós em casa certa noite depois do jantar. Kurt então anunciou que gostaria de aproveitar a ocasião para ler algo do seu trabalho em curso. Tony e eu corremos para lá e para cá para organizar as coisas, ajeitar as cadeiras, preparar bebidas, pois eu tinha a sensação de que L talvez comparecesse a essa soirée cultural e queria que a casa parecesse acolhedora, ainda que suas observações sobre eu estar brincando de ser mulher não saíssem da minha cabeça. Eu estava começando a entender que L tinha um jeito de fazer com que você se visse sem poder fazer muita coisa a respeito do que tinha visto. Enquanto preparava as coisas, me imaginei sendo um outro tipo de pessoa, alguém indiferente e egoísta que estaria confiante de que essas mesmas características resultariam numa noite excelente. Como eu desejava ser essa pessoa às vezes!

Na hora combinada, vi pela janela que meu palpite estava correto, e que duas silhuetas se aproximavam através da clareira. Brett chegou com um vestidinho impressionante, um tipo de camisola ou négligé que mais mostrava que cobria seu corpo, e essa carne revelada criou instantaneamente uma atmosfera de constrangimento, já que parecia fazer parte de algo particular entre ela e L. O rosto de Brett estava corado e sua boca esquisita de caixa de correio, aberta de um jeito maldoso. Havia algo de selvagem na sua expressão, e comecei a sentir o vazio e o pavor que sempre me acometem na presença de tensão social. Também havia uma luz selvagem nos olhos de L e de vez em quando um olhava para o outro e ria.

Nos sentamos e conversamos por um tempo. Não sei sobre o que falamos — nunca sei, nessas situações. Sem se perturbar, Tony fazia drinques para as pessoas, agindo como se nada de errado estivesse acontecendo. Brett virou dois coquetéis, um atrás do outro, o que pareceu ter o estranho efeito de deixá-la sóbria. L aceitou um drinque, que ele depositou meticulosamente numa mesa lateral e no qual não mais tocou. A todo momento eu espiava Justine, que estava sentada numa cadeira baixa ao lado da lareira, o violão pousado nos joelhos e uma expressão meditativa no rosto, mesmo com Brett explodindo em risadas estridentes ao seu lado. Em determinado momento ela pegou o violão, começou a tocar suavemente e a cantarolar baixinho de boca fechada. L, como sempre, tinha sentado o mais distante de mim que conseguiu, e Kurt estava a seu lado. Os dois conversavam, ou melhor, L estava falando e Kurt ouvia: L tinha virado o rosto e falava no ouvido de Kurt, o que imagino que ele foi obrigado a fazer por sua voz ser tão fraca e haver outros barulhos na sala. As notas de Justine começaram por fim a ter um efeito calmante, tanto em Brett quanto em Tony e em mim, e quando ela começou a cantar com sua voz doce, ficamos em silêncio e a ouvimos. Também Kurt se voltou para Justine, de modo que L teve de mudar de posição para continuar falando em seu ouvido. Depois de um tempo, Kurt desviou dela novamente para continuar a ouvir L, mas ficava olhando para ela de relance com uma expressão estranha e fria nos olhos, e vi então que de certo modo ele estava dividido, e senti que a culpa era de L.

Nós conhecíamos a canção que Justine estava tocando e começamos a cantar junto, como sempre fazíamos naquela situação. Esses momentos eram muito especiais para mim, Jeffers, porque eu sempre sentia, bem no fundo, que era para mim que Justine estava cantando e que essa era a canção das nossas andanças juntas ao longo do tempo, desde o primeiro dia de vida dela até hoje. E nesse momento específico eu a admirava mais do que nunca, uma vez que ela parecia ter revelado um novo poder ao colocar uma ordem correta naquela situação em que estávamos. Brett havia jogado um casaco por cima da sua camisola e cantava junto com uma voz agradável e rouca, Tony provocou uma boa impressão com sua voz grave e potente e eu tentei acompanhar Justine o melhor que pude. Até Kurt se juntou a nós por fim, no mínimo pelo costume. A única pessoa que não cantava era L, e em nenhum momento acreditei que fosse por não saber cantar ou não conhecer a música. Ele *não ia* cantar, e o motivo era que todo mundo estava cantando, e era de sua natureza não ser coagido a algo. Outra pessoa teria ao menos a preocupação em parecer encantada ou estar se divertindo com a cena, mas L permaneceu apenas sentado ali com uma cara de cansaço, como se estivesse aproveitando essa oportunidade para pensar sobre todas as outras coisas irritantes pelas quais ele já tivera de passar. Às vezes ele levantava o olhar e encontrava o meu, e alguma coisa desse estado de afastamento passava a ser minha. O sentimento estranho de distanciamento, quase de deslealdade, tomava conta de mim: até mesmo ali, em meio às coisas que eu mais amava, ele tinha a capacidade de me lançar na dúvida e expor o que, de outro modo, em mim ficava encoberto. Era como se, nesses momentos, a objetividade terrível dele passasse a ser minha e eu visse as coisas do jeito que elas realmente são.

Quase nem é preciso dizer, Jeffers, que parte da grandeza de L residia em sua capacidade de estar certo a respeito das coisas que ele via, e o que me confundia era como, no plano da vida, essa correção podia ser tão dissonante e cruel. Ou antes, o sentimento tão gratificante e libertador que se tinha ao olhar para uma pintura de L se tornava extremamente desconfortável quando se deparava com ele ou quando era sentido na pele. Era o sentimento de que não haveria desculpas ou explicações, nada de fingimentos: ele nos trazia a suspeita pavorosa de que a vida não tem sentido, de que não existe nenhum significado pessoal para além do significado de determinado momento. Algo dentro de mim adorava esse sentimento, ou no mínimo o conhecia e reconhecia como verdadeiro, como se identifica a escuridão e se reconhece sua existência junto com a da luz; nesse mesmo sentido eu conhecia e reconhecia L. Não amei muitas pessoas na vida — antes de Tony, nunca tinha amado alguém de verdade. Só agora estava aprendendo a amar Justine com algo diferente do amor comum de mãe e filha e a vê-la como ela realmente era. O amor verdadeiro é resultado da liberdade, e não sei se um pai, uma mãe e um filho conseguem em algum momento sentir esse tipo de amor, a não ser que decidam recomeçar já sendo adultos. Amei Tony, amei Justine e amei L, Jeffers, ainda que o tempo que passei com ele tenha sido tantas vezes tão amargo e doloroso, porque com a crueldade de quem está certo ele me levou para mais perto da verdade.

Brett e Justine cantaram sua canção juntas com muito charme e depois cantaram de novo porque implorei para repetirem, e quando chegaram ao fim, Kurt se levantou com seu roupão de veludo preto e se postou à nossa frente, ao lado da lareira, para fazer a leitura. Numa mesa a seu lado ele colocou solenemente um bloco de papel de um dedo de altura e começou a ler sem introdução alguma, numa voz alta e macambúzia, puxando uma folha do bloco e depois a posicionando virada para baixo do outro lado, uma após a outra, até percebermos que ele pretendia ler tudo! Ficamos todos sentados sem nos mexer nem falar, um público cativo, enquanto nos dávamos conta disso — eu não entendia como ele tinha conseguido produzir tanto em tão pouco tempo. Passava-se em um mundo alternativo, Jeffers, com dragões e monstros e exércitos de criaturas imaginárias combatendo uns aos outros incansavelmente, e havia listas imensas de nomes como em trechos do Velho Testamento, e páginas de diálogos que soavam como um oráculo, que Kurt recitou com muito vagar e solenidade. Depois de mais ou menos uma hora, meio que comecei a olhar para os lados com o canto do olho. O fogo tinha apagado e Tony tinha adormecido na cadeira, enquanto Brett e Justine olhavam para a frente sem expressão alguma, suas cabeças inclinadas na mesma posição. Só L parecia estar prestando atenção: ele estava bastante ereto na cadeira, as mãos cruzadas no colo e a cabeça levemente tombada de lado. Por fim, depois de quase duas horas, Kurt havia lido todo o bloco e deitou a última página, liberando um grande suspiro com os braços pendentes e a cabeça para trás, enquanto nos levantávamos para aplaudir.

"Por enquanto é isso", ele deixou escapar, arquejando. "O que acham?"

Já era uma da manhã e, tendo ou não algo a dizer, eu pelo menos não tinha a menor intenção de adiar o fim daquela noite! Tentei pensar em algum comentário para fazer por educação, mas não sabia bem se me lembrava de qualquer coisa que ele tinha lido. Esperava que ao menos Justine contribuísse dizendo alguma coisa, mas ela só ficou ali sentada, abstraída, com Brett apoiando a cabeça no seu ombro, como se qualquer coisa que ela pudesse dizer não devesse ser expressa em voz alta. Tony havia aberto os olhos, e isso foi tudo. L parecia bastante sereno, permanecendo muito ereto e atento em seu lugar, os dedos enlaçados abaixo do queixo. O silêncio se prolongou até eu ter certeza de que ia se romper, e um pouco antes disso L tomou a palavra.

"É longo demais", ele disse com sua voz tranquila e remansosa.

Percebi que Kurt nem por um momento considerou que a extensão seria algo com que se preocupar na produção literária — pelo contrário, ele provavelmente pensou que seria um sinal de que as coisas estavam caminhando bem!

"Tem que ser", ele disse de um jeito bastante duro.

"Mas agora acabou", disse L. "Então por que precisa ser longo? Por que precisa ocupar tanto tempo?"

"É o ritmo da história", Kurt disse. Ele parecia bastante confuso. "E essa é só a primeira parte."

L levantou as sobrancelhas e deu um sorrisinho.

"Mas meu tempo pertence a mim", ele disse. "Cuidado com o sacrifício que você está exigindo das pessoas."

E com isso ele se levantou tranquilamente, nos desejou boa-noite e desapareceu na escuridão! Kurt ficou alguns segundos parado ali, lívido e agoniado. Justine se mexeu e se lançou num comentário ou outro, para agradar, mas ele ergueu uma mão para ela se calar. Começou a lançar olhadelas terríveis pela sala, como se ela estivesse cheia de agressores inimigos o cercando. Então pegou o maço de papel, enfiou debaixo do braço e também sumiu rumo à escuridão! Depois Justine me contou que o romance de Kurt era na verdade uma cópia bastante fiel de um livro que eles tinham lido alguns meses antes: ela acreditava que ele na verdade não tinha consciência do que estava fazendo e que, quando as ideias surgiram em sua cabeça, pensou que as tinha inventado ele mesmo, em vez de estar simplesmente se lembrando. No dia seguinte não se via mais ele na janela do escritório. Ele apareceu na cozinha usando suas roupas normais e ficou longe de todo mundo. Eu o vi vagando desolado pelo jardim e fui atrás dele, porque sentia pena a essa altura e me perguntava se eu deveria ter sido mais atenciosa. Como um homem pode fazer você sentir culpa, Jeffers! A verdade é que, num outro compartimento da minha mente, eu estava cogitando fazê-lo simplesmente desaparecer, caminhando com ele até a estação de trem, comprando uma passagem e o mandando de volta para o seio de sua família perfeita; e minha reação culpada topava com esse impulso e um encarava o outro melancolicamente.

"Isso é tudo culpa daquele homem", ele disse, me surpreendendo, quando o encontrei curvado, sentado numa pedra ao lado do riacho que atravessa o pomar, como um anão de jardim maior que o normal. Perguntei se ele se referia a L, e ele confirmou tristemente. "Ele me deu os conselhos mais esquisitos."

"O que ele falou?", eu disse.

"Ele me disse para parar de ser meio — meio *café com leite*", Kurt disse. "Foi essa a expressão dele. Eu não sabia o que significava, mas fui me informar. Ele falou que, se eu quisesse que as coisas com Justine melhorassem, deveria arrumar uma amante, e que a melhor amante de todas era o trabalho. Isso porque confessei para ele que eu achava que Justine não me amava mais", ele disse. "Foi o começo de tudo. Ele disse que eu deveria tentar escrever, porque era barato e não precisava ter nenhum talento específico para isso."

"O que mais ele disse?"

"Disse que eu não deveria jamais permitir que Justine soubesse o que eu estava pensando. Que, se Justine fosse legal comigo, eu poderia ser legal com ela também. Mas que se não fosse, eu deveria acabar com ela. Deveria tolher a sua força de vontade, e o jeito de conseguir isso era fazer sempre o oposto do que ela esperava ou queria que eu fizesse. Ele é um homem horrível." Kurt estava com os olhos arregalados de pavor. "Ele disse que pretende destruir você."

"Me destruir?"

"É o que ele diz. Mas não vou deixar que ele a destrua!"

Bom, eu não sabia por onde começar a abordar esse desabafo, a não ser pelo fato de que eu reconhecia essa parte sobre tolher a força de vontade. A questão, Jeffers, é que parte de mim queria ser destruída, ainda que eu temesse que toda uma realidade fosse colapsar junto, a realidade compartilhada com outras pessoas e coisas — toda a rede de ações e associações que continha tanto o passado quanto o futuro e estava entupida com todas as evidências da obscena passagem do tempo, e no entanto sempre falhava de algum modo em capturar o momento presente. Eu queria era me livrar daquela parte de mim que tinha estado sempre ali, e acredito que era essa a essência do sentimento que eu compartilhava com L, como ele mesmo tinha explicado na nossa primeira conversa. Havia uma realidade maior, eu acreditava, além ou atrás ou abaixo da realidade que eu conhecia, e me parecia que a dor de uma vida inteira chegaria ao fim se eu conseguisse atingi-la. Não me parecia mais que eu poderia chegar a isso pelo pensamento — ao sair correndo pela rua, o psicanalista tinha levado essa ideia junto com ele. Era necessário usar violência, destruir verdadeiramente a parte em crise, como o corpo que às vezes precisa de uma cirurgia para se curar. A mim parecia que era essa a forma que a liberdade tomava por necessidade, a forma final, quando todas as outras tentativas para alcançar isso haviam falhado. Eu não sabia que violência era essa nem como ela poderia ser infligida, apenas que havia uma promessa dela na ameaça de L.

Perguntei a Kurt se ele gostaria de ir para casa por um tempo e, em caso positivo, se gostaria que eu o ajudasse a organizar isso.

"Não posso abandonar você", Kurt disse. "Seria perigoso demais."

Garanti a ele que eu ficaria bem e que, se fosse necessário, Tony estava ali para me proteger, mas ele estava irredutível, dizendo que tinha de ficar para evitar a possibilidade da minha destruição. Mais tarde naquele dia, Justine veio falar comigo toda indignada, perguntando por que eu estava tentando mandar Kurt embora pelas suas costas. Tentei me defender, e de um jeito ou de outro a pequena estrutura de amor que estávamos construindo juntas ruiu e teria de ser toda reconstruída mais uma vez.

Depois que conheci Tony, ele me escreveu quase todos os dias durante um mês ou mais, até que as circunstâncias me permitiram vir encontrá-lo de novo, uma vez que nessa época eu estava morando a certa distância dele. Eu me surpreendi com suas cartas, que eram extremamente bem escritas e poéticas, e também com a regularidade com que chegavam até mim. Era como se ele tocasse um tambor, constante e sem cessar, que eu ouvia através de todos os quilômetros de distância que nos separavam até identificar que ele estava me convocando. As cartas de Tony me deram, pela primeira vez em toda a minha vida, uma experiência de satisfação — das minhas esperanças e desejos mais secretos, e do que eu sentia ser a possibilidade da vida, sendo realizados. Elas eram sempre mais rápidas, mais numerosas, mais longas e mais bonitas do que eu esperava e nunca me decepcionaram. Não sei o que eu imaginava receber de Tony, mas não era esse rio fervilhante de palavras que fluía através de mim, me irrigava e lentamente começava a me trazer de volta à vida. Isso me permitiu viver com o silêncio dele para sempre, porque sei que o rio está ali, e apenas eu estou autorizada a saber.

Ao longo dessas semanas estranhas com L, me lembrei muito das cartas de Tony e do início do nosso amor. Ainda que tivesse sido apenas uma questão de meses, aquela época foi tão vasta e luminosa que fez décadas inteiras da minha vida encolherem, como um prédio imenso no meio de uma cidade que pode ser visto a quilômetros de distância. Em certo sentido, essa abundância fez com que essa época se descolasse totalmente do tempo, e com isso quero dizer que ela ainda está aqui: posso visitá-la e passar horas nela, e parte do motivo de eu conseguir isso é que ela está construída sobre uma base de linguagem. Estou construindo outro prédio aqui, Jeffers, a partir do tempo que passei com L, mas não tenho muita certeza de que prédio é esse, nem se vou conseguir voltar alguma vez para visitá-lo. Há determinado momento da vida em que você percebe que não é mais interessante que o tempo siga adiante — ou melhor, que esse caminho adiante foi o pilar central da ilusão da vida, e que enquanto você esperava para ver o que aconteceria em seguida, estava sendo continuamente roubada de tudo que tinha. A linguagem é a única coisa capaz de parar o fluxo do tempo, porque ela existe no tempo, é feita de tempo e entretanto é eterna — ou pode ser. Uma imagem também é eterna, mas ela não tem nada a ver com o tempo — ela o renega, como deve fazer, pois como, no mundo prático, se poderia esmiuçar e entender o balanço geral do tempo que suscitou o momento sem fim da imagem? E no entanto a espiritualidade da imagem, como a nossa própria visão, nos acena com a promessa de nos libertar de nós mesmos. No meio da realidade prática da minha vida com Tony, eu sentia de novo o fascínio da abundância emanando de L — contudo, se a linguagem de Tony tinha fluído através e para dentro de mim, o chamado de L era o oposto. Era um chamado rudimentar, oriundo de um mistério ou vazio.

Aquele chamado tinha se atenuado bastante conforme os dias passaram, e bem quando eu tinha começado a pensar que não conseguia mais ouvi-lo de todo e que L tinha de novo se tornado um desconhecido para mim, o encontrei inesperadamente caminhando pelo pântano. Eu estava ali apanhando folhas de algumas das plantas marítimas comestíveis que crescem em volta das enseadas para cozinhá-las para o jantar — sempre sinto muito orgulho dessa atividade, Jeffers, às vezes me parece minha única utilidade — e ele apareceu por uma curva do caminho. Estava com uma roupa mais casual que de costume, o rosto bastante corado pelo sol, e no conjunto parecia mais humano e menos diabólico do que o normal. As calças estavam com as barras dobradas, ele trazia os sapatos nas mãos e me contou que tinha ido até um dos bancos de areia quando a maré estava subindo e teve de voltar a vau!

"E então", ele disse, quase sem fôlego e parecendo achar isso tudo muito excitante, "quando eu estava subindo, ouvi tiros. Olhei em volta por um tempo, mas não consegui ver ninguém. Os tiros pareciam vir de diferentes direções, um de cada vez. Fiquei pensando, primeiro quase me afoguei, depois tive de enfrentar um atirador, ou muitos deles. Eu deveria contar isso a alguém?"

Enquanto ele falava, o som alto de um único estampido ecoou no ar, vindo do campo detrás dele, e ele se encolheu.

"De novo", ele disse.

Contei que era apenas uma das armas de gás fixas que os fazendeiros instalam no campo naquela época do ano para afastar os pássaros de suas plantações. Eu estava acostumada com aquele som e quase não levava mais sustos, e naquele estado semiconsciente eu o ouvia como a qualquer outro som. Às vezes eu gostava de imaginar, contei a ele, que era o som de homens terríveis estourando seus próprios miolos, um depois do outro.

"Hum", ele disse, com um meio-sorriso relutante. "Homens terríveis não fazem esse tipo de coisa. Enfim, você provavelmente acabaria gostando desses homens se chegasse a conhecê-los. Nada que é terrível morre. Sobretudo não de remorso."

As panturrilhas dele estavam riscadas de lama até o joelho, e eu lhe disse que deveria ter cuidado com as cheias, que eram perigosas se você não soubesse por onde passavam os caminhos.

"Eu estava tentando encontrar a borda", ele disse, desviando o olhar de mim para onde o horizonte se desfaz num borrão sem definição na bruma, "mas não há borda. Você só vai sendo exaurido pela curvatura lenta. Eu queria ver qual a aparência daqui olhando a partir de lá. Caminhei por muito tempo, mas *não existe* um lá — ele só meio que se dissolve, não é? Aqui não há absolutamente nenhuma linha."

Esperei em silêncio que dissesse mais alguma coisa, e depois de muito tempo ele continuou:

"Sabe, muitas pessoas corrigem o percurso assim que passam da metade da vida. Elas veem uma espécie de miragem e entram em outra fase de construção, mas estão na verdade construindo a morte. Talvez seja isso que afinal tenha acontecido comigo. De repente vi isso, bem ali", ele disse, apontando para a forma azul distante da maré recuando, "a ilusão daquela estrutura da morte. Queria ter entendido antes como dissolver. Não apenas como dissolver a linha — outras coisas também. Fiz o oposto, porque pensei que tivesse de resistir, sendo exaurido. Quanto mais eu tentava fazer uma estrutura, mais eu sentia que tudo ao meu redor tinha dado errado. Sentia como se estivesse construindo o mundo, mas construindo errado, quando tudo que eu estava fazendo era construir minha própria morte. Mas você não tem de morrer. A dissolução se parece com a morte, mas na verdade é o contrário dela. Não vi isso de início."

Quando L disse essas coisas, Jeffers, senti um estremecimento de autossatisfação — eu *sabia* que ele entenderia! A manhã estava cinza e ventosa e o pântano não parecia nada misterioso naquela luz ofuscante e cotidiana. De certo modo ele parecia técnico, e foi esse mesmo pragmatismo técnico que alegrou meu coração, porque ele me confortava, confirmando que L e eu estávamos olhando para a mesma coisa. Eu já o tinha visto em alturas tão sublimes — em determinados humores, luzes e climas — que ele já havia arrancado todo tipo de emoção de mim, mas assim, como naquela manhã, em suas cores mais básicas, a realidade dele era indubitável. Até onde eu sabia, naquele momento ele ainda não tinha feito trabalho algum sobre o pântano — mas ele disse que sua fase de retratos tinha acabado de se encerrar. O problema, ele disse, era que não havia muitas pessoas por ali, além de trabalhadores ocupados demais para posar para ele. Ele não sabia por que não tinha percebido isso de início. Tinha pintado Tony, Justine e Kurt, então já tinha esgotado o repertório, a não ser que fosse até a cidade e sequestrasse algumas pessoas.

"Fiquei pensando sobre pintar pessoas que não estão mais aqui", ele disse. "Só de pensar nisso, já sinto um mal-estar. Mas se eu conseguisse passar por cima desse mal-estar..."

Lembrei-lhe de que havia mais uma pessoa aqui que ele ainda não havia abordado — eu! Ele havia dito antes que não conseguia me enxergar e nunca me explicou por quê, e eu tinha plena consciência de que em toda oportunidade ele evitava uma proximidade física comigo. Em histórias de amor, o ato de um evitar o outro é muitas vezes usado como uma estratégia na trama amorosa, sugerindo que determinadas naturezas revelam aquilo que desejam ao fazer parecer que o desprezam. Que fantasias trágicas e esperançosas manipulam, descaradamente, os autores de tais narrativas! Eu não me enganava pensando que L estivesse ocultando alguma atração por mim, mas eu pensava, sim, que era curioso que eu representasse um obstáculo para ele. Eu quase pensava se remover aquele obstáculo poderia ajudá-lo a seguir em frente, e por esse motivo não tinha vergonha alguma de sugerir que ele me considerasse, como tinha feito com Tony. Essa impressão foi reforçada quando Kurt mencionou, aquele dia no jardim, a intenção de L de me destruir. Por que ele simplesmente não me dizia por que pensava que eu deveria ser destruída?

Ele não respondeu de imediato ao meu comentário, mas ficou parado por um tempo com os braços cruzados bem perto do corpo, o rosto virado para o vento e para a luz dura e estourada, como se achasse consolador o desconforto. Pintar pessoas, ele disse enfim, era um ato tanto de investigação quanto de idolatria, no qual — para ele, ao menos — a frieza da separação deveria ser mantida a todo custo. Por esse motivo ele sempre tinha ficado especialmente perturbado com artistas que pintam seus filhos. Quando as pessoas se apaixonam, ele disse, elas experimentam essa frieza como o maior frisson de todos, a fascinação de uma pessoa que ainda pode ser vista como diferente de si mesma. Quanto mais familiar a pessoa amada se torna, menos se consegue obter esse frisson. Venerar, em outras palavras, vem antes de conhecer, e na vida isso constitui a primeira perda ou abandono completo da objetividade, seguido por uma boa dose de realidade enquanto a verdade se mostra. Um retrato é mais como um ato de promiscuidade, ele disse, em que frieza e desejo coexistem até o fim, e ele exige certa insensibilidade, e por esse motivo pensou que seria um bom caminho para ele naquele momento. Se tinha se permitido alguma promiscuidade na juventude, ele estava se enganando, porque a falta de sensibilidade crescente, vinda com a idade, era de uma magnitude diferente. Agora, a característica que o atraía era a indisponibilidade, a profunda indisponibilidade moral de algumas pessoas, de maneira que tê-los era na verdade roubá-los e violar — ou pelo menos experimentar — sua intocabilidade. Um asco o tomava facilmente nesses dias, ele se enchia de asco até a boca, de maneira que não era preciso muito para que transbordasse, e ele às vezes se perguntava se isso seria por fim a prestação de contas por sua infância, quando ano após ano ele guardou esse asco dentro de si. Fosse qual fosse a razão, ele disse, a intocabilidade como característica era o antídoto para isso, para o mal-estar que o tomava quando ele sentia o bafio da familiaridade humana.

Enquanto ele falava, crescia dentro de mim um sentimento de rejeição e desamparo abjeto, porque o que eu entendia que ele estava dizendo, por trás de todas essas explicações, era que meu corpo feminino surrado lhe provocava asco, e era por isso que ele mantinha distância, a ponto de ser incapaz de se sentar perto de mim!

"Talvez você se surpreenda, mas também estou procurando uma maneira de dissolver", eu disse para ele, cheia de indignação, enquanto lágrimas brotavam dos meus olhos. "É por isso que eu queria que você viesse. Você não é o único que se sente assim. Você não pode simplesmente colocar um bloqueio na minha frente porque sente um mal-estar ao me ver — eu sou tão intocável quanto qualquer outra pessoa! Não existo para ser vista por você", eu disse, "então não se engane quanto a isso, porque sou eu que estou tentando me libertar de como você me vê. Você se sentiria melhor se conseguisse ver quem eu realmente sou, mas não consegue. O seu olhar é uma espécie de assassino, e eu não vou mais ser assassinada."

E coloquei as mãos no rosto e caí em prantos!

Bem, naquela manhã aprendi que, por mais maldoso e horrível que um artista se permita se tornar na escala humana, em algum lugar dentro dele existe uma parte que permanece capaz de sentir pena — ou melhor, quando essa parte deixa de existir, sua arte também deixa de existir. O verdadeiro teste para uma pessoa é o teste da compaixão. Isso é verdade, Jeffers? De todo modo, naquela manhã L foi muito gentil comigo, até me enlaçou com os braços e me deixou chorar no peito dele enquanto alisava meu cabelo, e disse:

"Pronto, pronto, meu bem. Não chore", numa voz suave e gentil que me fez chorar ainda mais.

A sensação de proximidade física com ele era muito perturbadora para mim, porque de algum modo parecera proibido que nos tocássemos, mesmo por acidente. Não gostei exatamente da sensação do seu toque. Isso fez reaparecer a questão do asco, que eu tinha tentado abafar, mas dessa vez era como se fosse eu quem sentisse asco dele. Talvez porque L tivesse — ou todos os homens, porventura, quem sabe — apenas um jeito de tocar numa mulher, em que seus eus automáticos são colocados em movimento involuntariamente. Eu não queria aquele toque automático, empoeirado. Eu me desenrosquei dele assim que pude, me sentei na grama, apoiei a cabeça nos joelhos e chorei mais um pouco. Depois de um tempo L se sentou ao meu lado e, no silêncio, as paisagens suaves e os sons do pântano, a grama ondulante pontuada de borboletas, o marulho distante, o canto dos pássaros deixando rastros em fitas e o chamado dos gansos e das gaivotas ficaram mais nítidos.

"É bom sentar e observar esse mundo delicado", L disse. "Nós acabamos nos cansando assim."

Enquanto estávamos sentados ali, comecei a contar para ele daquela época, tantos anos antes, quando eu tinha caminhado por Paris numa manhã sob o sol e me deparei com salas cheias de pinturas dele, e como aquilo tinha me feito sentir, experimentar o tipo de afinidade que aquelas imagens me provocaram, como se de repente eu tivesse descoberto minhas verdadeiras origens. Elas tinham feito com que eu sentisse que não estava sozinha naquilo que, até então, eu guardava comigo como um segredo. A confirmação daquele segredo em seu trabalho, eu disse, tinha levado a uma mudança na direção da minha vida, porque de repente o segredo pareceu mais forte do que as coisas que o mantiveram escondido. Mas essa mudança de curso tinha sido feita com muito mais esforço e violência do que eu poderia ter previsto, e por vezes parecia que eu tinha adentrado o caminho para o desastre, e o que eu não conseguia entender era como a simples revelação da verdade pessoal poderia levar a tanto sofrimento e crueldade, sendo que era com certeza moralmente inofensivo procurar viver numa situação verdadeira.

Desde então, eu disse, entendi que fui ingênua ao esperar que outras pessoas pudessem simplesmente me permitir mudar se essas mudanças interferiam direto nos próprios interesses delas, e fiquei bastante chocada com a revelação de que a minha vida inteira, que parecia ter sido construída com base no amor e na liberdade de escolha, era na verdade uma fachada que escondia o egoísmo mais covarde. Não existem limites, eu disse, para o que determinadas pessoas podem fazer com você se você as ofende ou tira delas algo que elas querem, e o fato de no passado você ter escolhido ou gostado de estar entre essas pessoas é um dos mistérios e tragédias centrais da vida. No entanto, eu disse, isso é só um reflexo das próprias condições e substâncias de que é feita sua humanidade — é a tentativa delas, pelo egoísmo e desonestidade, de se reproduzir em você e continuar a prosperar no mundo. Você também pode ficar louca, eu disse, tentando resistir a essa tentativa.

"Você ficou louca?", L perguntou.

"Não fiquei louca", eu disse. "Mas acho que um dia ainda posso ficar."

Contei a ele como eu tinha automaticamente acreditado — ou, antes, partido desse princípio — que o pai de Justine fosse um cara legal, ou pelo menos decente. Como é fácil, Jeffers, pensar isso dos homens que se adéquam à nossa ideia de normalidade! Não acredito que alguém confie de tal modo em uma mulher, a não ser por meio da subserviência dela. Entretanto, depois de menos de um mês do meu retorno de Paris e do anúncio de que eu queria mudar as coisas, tinha perdido minha casa, meu dinheiro, meus amigos, e nem assim previ as maiores perdas que estavam por vir. Justine tinha quatro anos naquela época, e conseguia emitir opiniões; um dia, quando ela estava na casa do pai — como a casa tinha passado a ser —, ele me telefonou para dizer que ela não queria que eu fosse buscá-la, como tinha sido combinado. Ele até a pôs ao telefone para que eu pudesse ouvi-la dizer. Isso aconteceu um ano antes de eu recuperá-la, Jeffers, e durante esse ano fui muitas vezes me esconder como um espectro no portão da escola dela, na esperança de avistá-la um pouquinho, até que um dia ele por acaso me viu quando estava saindo com ela de mãos dadas, apontou para mim e lhe disse:

"Ali, a mulher horrível está ali — corra, Justine, corra!"

E os dois fugiram correndo pela rua! Foi quando tentei morrer, mas não conseguia morrer — as mães não conseguem, mesmo, a não ser por acidente. Depois descobri que ele tinha sido horrivelmente negligente com ela durante todo esse tempo e muitas vezes a deixou sozinha por horas a fio, como se tivesse retido essa parte minha especificamente para demonstrar a crueldade e a indiferença dele em relação a isso. Era esse o meu pesar, Jeffers, e eu o entreguei a L sentada ali no pântano, entre acessos de choro. Eu queria que L entendesse que essa minha força de vontade a que ele tanto se opunha havia sobrevivido a variadas tentativas de ser tolhida, e nesse momento poderia ser considerada a responsável pela minha própria sobrevivência e a da minha filha. Ela também resultou em desastre e privação para mim — mas antes privação que viver onde o ódio circula disfarçado de amor! Perder minha força de vontade seria perder o que me mantém presa à vida — ficar louca —, e eu não tinha a menor dúvida de que ela poderia ser tolhida por conta própria, eu disse a L, mas suspeitava que a loucura de uma mulher representa o refúgio final do segredo masculino, o lugar em que ele a destruiria antes de ser revelado, e eu não tinha intenção alguma de ser destruída dessa maneira — eu logo destruiria a mim mesma, eu disse, se Justine fosse capaz de entender os meus motivos para fazê-lo. Em vez disso, o que eu queria era que L se relacionasse comigo com base nesse reconhecimento que senti naquele dia em Paris — queria ser reconhecida por ele, porque, por mais grata que eu fosse a Tony e Justine e à minha vida no pântano, minha individualidade me atormentou a vida toda com seu pedido de reconhecimento.

"Está bem", ele disse tranquilamente, depois de um longo silêncio. "Apareça lá mais tarde e vou dar uma olhada em você. Vista alguma coisa que sirva", ele acrescentou.

Bem, Jeffers, peguei minha sacola de folhas marítimas, me levantei num pulo e corri de volta para casa num estado de pura felicidade — me sentia ao mesmo tempo tão leve e aliviada, pensei que ia voar até chegar ao sol! Tudo parecia transformado, o dia, a paisagem, o significado da minha presença nele, como se tivesse sido virado do avesso. Eu era como alguém que pela primeira vez caminha sem sentir dor depois de uma longa, longa doença. Corri pelo gramado e junto dos canteiros de flores, e quando virei a esquina de casa dei de cara com Tony.

"O dia não está maravilhoso?", eu disse a ele. "Tudo está tão maravilhoso, não está?"

Ele me encarou longamente, com os olhos brilhando muito.

"Parece que você precisa ir dar uma deitada", ele disse.

"Tony, deixa de ser bobo — estou cheia de energia!", gritei. "Sinto que poderia construir uma casa ou derrubar uma floresta inteira ou..."

Eu não conseguia mais parar quieta, corri para dentro de casa até a cozinha, onde estavam Justine e Kurt, encostados no balcão, descascando a montanha de ervilhas que tinha acabado de vir do jardim.

"Não está lindo lá fora?", eu disse. "Estou me sentindo tão animada hoje!"

Os dois levantaram o rosto e me encararam sem palavras, deixei minha sacola de folhas no balcão e segui correndo, subi as escadas e me joguei na cama. Por que ninguém queria me ver feliz? Por que estavam me censurando tanto exatamente quando eu demonstrava alguma excitação e alto-astral? Meu humor começou a murchar um pouco com esses pensamentos. Fiquei sentada na cama, repassando a minha conversa com L, e pensei de novo na sensação que a atenção dele tinha provocado em mim, que era uma sensação esplendorosa de saúde. Ah, por que viver era tão doloroso, e por que nos eram dados esses momentos de saúde senão para que percebêssemos como somos acossados pela dor no resto do tempo? Por que era tão difícil viver dia após dia com as pessoas e ainda se lembrar de que você é diferente delas e que esta é a sua única vida mortal?

No fim das contas achei que Tony tinha razão, que eu precisava ficar deitada descansando, e me deitei ali, respirei e degustei o sentimento maravilhoso de leveza, como se um nódulo maligno imenso tivesse sido removido de dentro de mim. Pensando bem, não era da conta de ninguém que o nódulo tivesse estado lá nem que tenha ido embora — a questão era que eu tinha aprendido a viver mais comigo mesma. Todos os outros, me parecia, viviam consigo mesmos perfeitamente bem. Apenas eu vivia à deriva como um espírito errante, expulsa da casa que sou eu para ser esbofeteada por cada palavra, cada disposição e cada capricho das outras pessoas! Sensibilidade me pareceu de repente a mais terrível maldição, Jeffers, vasculhar em busca da verdade em um milhão de detalhes inúteis, quando de fato havia apenas uma verdade e ela estava além do poder de descrição. Havia apenas essa falta ou leveza de que as palavras fugiam, e fiquei deitada na cama sentindo isso, tentando não pensar demais sobre o que era isso e como se poderia descrevê-lo.

Mas vivemos no tempo — não podemos evitar! Em algum momento precisei me levantar e descer, e lá estavam as tarefas habituais a serem realizadas e toda a representação de si mesmo que é exigida quando você mora com outras pessoas, e de um jeito ou de outro foi apenas no fim da tarde que consegui pensar em ir até a segunda casa para a minha noite com L. Durante todas aquelas horas e todas aquelas tarefas eu tinha consciência de que uma grande mudança havia acontecido em mim e fiquei esperando que mais alguém percebesse isso. A ideia de L olhando para mim me fez olhar para mim mesma, e porque eu conseguia me ver, esperava que os outros também me vissem! Mas eles agiram como de costume, até Tony, e quando me esgueirei para o andar de cima para me trocar, parecia tudo tão normal que segui convencida de que o que eu estava fazendo também era normal.

Abri meu armário de roupas e senti um receio súbito diante da perspectiva de tentar encontrar o que eu queria, de tanta certeza que eu tinha de que não estava lá. Como já disse, Jeffers, a certa altura desisti da tentativa de aprender a linguagem das roupas e se alguém me tivesse dado um uniforme eu o usaria feliz todos os dias, mas em vez disso eu mesma criei uma espécie de uniforme para mim, de tal maneira que tudo que eu possuía era mais ou menos igual. Mas nenhuma delas correspondia à descrição de L, que era para usar alguma coisa que servisse, e enquanto eu revirava o armário sem esperanças, me lembrei que antes de vir para o pântano minhas roupas tinham *sim* sido mais ajustadas, e que talvez o último dia em que vesti alguma coisa justa tenha sido o dia em que me casei com Tony! Pensar nisso me deixou de repente chorosa, e tive um sentimento horrível de alguma coisa se desenredando bem dentro de mim. Será que Tony não gostava de mim como uma mulher com um corpo feminino? Será que por todo esse tempo vesti roupas sem forma como uma maneira de renunciar à sexualidade e à beleza? Com uma certeza repentina e instintiva, enfiei a mão bem no fundo do armário e me vi puxando exatamente o vestido com que tinha me casado, que eu tinha esquecido por completo que estava lá. Era um vestido simples, bonito, justo, e quando o senti nas mãos tive certeza de que era a roupa certa, e ao mesmo tempo fui assolada por ondas de emoções conflitantes, entre elas sobretudo um tipo de pesar sem nome pelas pessoas que Tony e eu fomos então, como se essas pessoas não existissem mais.

Cheia de atrevimento, coloquei o vestido, e estava arrumando o cabelo na frente do espelho quando Tony entrou no quarto. Tony raramente se deixa animar ou perturbar, e essa situação não foi uma exceção. Eu vinha pensando se, ao me ver com o vestido, ele ficaria tão emocionado que mal perceberia que eu não o tinha vestido para ele, mas ele apenas levantou um pouco a cabeça, me olhou por um tempo e então declarou:

"Você está usando o seu vestido."

"L finalmente pediu para me pintar", eu disse, completamente nas nuvens e tentando disfarçar, "e ele me falou para usar alguma coisa justa, e essa foi a única em que consegui pensar!"

Decidi que era melhor não dizer mais nada, ainda que uma parte de mim estivesse louca para receber elogios de Tony, sentar com ele e conversar sobre as pessoas que um dia fomos, e se essas pessoas ainda existiam ou não. Em vez disso, enquanto ele digeria a informação que eu tinha dado, passei por ele, corri pela porta e desci as escadas. A tarde tinha ficado um pouco encoberta e agora, no início da noite, uma espécie de penumbra tinha caído sobre a clareira. Me perguntei se essa luz ruim poderia afetar minha sessão com L e se ele a cancelaria, e na verdade se ele de fato estaria lá, uma vez que, pensando agora nisso, não tínhamos combinado nenhum horário específico. Saí de casa e disparei pelo caminho que leva até as árvores, e vi que as luzes da segunda casa estavam acesas, criando uma grande forma brilhante ao longe. Eu sentia o ar nos meus ombros e braços descobertos, e a sensação não habitual do cabelo caindo nas minhas costas nuas e a sensação de juventude e liberdade irromperam em mim enquanto eu acelerava em direção à clareira e ao cubo de luz distante. Naquele momento ouvi um estardalhaço atrás de mim, de uma janela sendo aberta; parei, me virei e olhei para o alto. Lá estava Tony parado atrás da janela aberta do nosso quarto, olhando para mim de lá de cima, de uma boa altura. Nossos olhos se encontraram, ele estendeu um braço terrível para mim e bramou:

"VOLTE AQUI AGORA!"

Por um segundo fiquei paralisada no mesmo lugar, olhando para o alto, para os olhos de Tony. Então me virei e corri para as árvores, esquiva e constrangida como um cachorro fujão. Atravessei a clareira bem rápido em direção às janelas iluminadas, e uma vez que L e Brett tinham tirado as cortinas, eu podia ver o interior com mais detalhes quanto mais perto eu chegava. Primeiro vi que os móveis tinham sido arrastados para perto dos armários e das prateleiras, e depois vi duas silhuetas, L e Brett, se mexendo de um jeito tão estranho pela sala que de início pensei que estavam dançando. Mas então, quando me aproximei mais, percebi que estavam pintando — e não só isso, estavam pintando nas paredes da segunda casa!

Ambos mal estavam vestidos, L sem camisa e com grandes manchas de tinta pelo peito nu, e Brett de camisola e cueca slip, com um lenço amarrado no cabelo. Enquanto eu os observava, L esfregou as costas da mão no nariz em um gesto selvagem, deixando uma risca longa de tinta também pelo rosto. Brett apontou para ele e se contorceu de rir. Eles tinham pegado a escadinha portátil no galpão e a estavam usando para alcançar até o alto das paredes, que estavam cobertas pela metade por um redemoinho crescente de formas e cores muito vivas. Parei e fiquei ali, presa ao chão, incapaz de não ver o que eu estava vendo através do vidro. Vi formas de árvores, plantas, flores, as árvores com raízes imensas retorcidas como intestinos, as flores carnudas e obscenas, com grandes estames rosa-choque como falos, e animais estranhos, pássaros e feras de formatos e cores sobrenaturais; e no meio disso tudo duas figuras, uma mulher e um homem, parados ao lado de uma árvore de frutas de um vermelho violento como inúmeras bocas abertas, com uma cobra gorda imensa enrolada por todo o tronco. Era um Jardim do Éden, Jeffers, mas a versão do inferno! Cheguei mais perto das janelas — eu conseguia ouvir uma música desagradável e por cima dela o som das vozes deles, que pareciam vir em berros, gritos e rajadas de uma gargalhada estridente — enquanto os dois caminhavam pela sala como se possuídos por uma energia demoníaca, espirrando e besuntando as paredes de tinta. Estavam trabalhando na figura de Eva, e ouvi L dizer:

"Vamos fazer um bigode nessa vadia castradora!", enquanto Brett gargalhava alto. "Por causa de tudo que você fez", ele disse, borrando o lábio superior da figura com traços pretos grossos.

"E vamos fazer nela uma barriga bem gordinha", Brett gritou, "uma barriga estéril, que nem de uma senhora de meia-idade! Ela é toda magrinha, mas a barriga entrega essa vadia."

"Um bigodão bem peludo", L disse, "para sabermos quem é que manda. Nós sabemos quem é que manda, não é? Não sabemos?"

E os dois uivavam enquanto eu, com meu vestido de casamento, estava parada do outro lado da janela, na clareira, onde a noite caía e tremia, tremia até a sola dos meus pés. Era de mim que eles estavam falando, era a mim que estavam pintando — eu era Eva! Uma escuridão horrível inundou a minha mente, de tal maneira que, por um tempo, eu não conseguia ver, nem pensar, nem me mexer. E então me veio um pensamento, que era que eu tinha que voltar para Tony. Virei-me e corri de volta pelo caminho através das árvores, e estava me aproximando da casa quando vi dois faróis vermelhos na entrada da garagem da frente. Eles brilharam por um instante e então começaram a recuar, junto com o som de um motor. Percebi que era a nossa caminhonete, e que Tony estava dentro dela e estava indo embora! Corri para a entrada da garagem e fiquei ali gritando o nome dele, mas as luzes desapareceram na curva e eu entendi que ele tinha me deixado e ido embora, e eu não sabia se ele voltaria um dia.

Simbolicamente, o tempo bom acabou bem no dia seguinte e começou a chover, e eu me sentei e fiquei olhando a água escorrer pela janela sem falar ou sequer me mexer. A certa altura, ouvi o som de um carro na frente da casa e corri para fora, pensando que Tony tinha voltado, mas era apenas um dos homens, que dirigiu até lá para me dizer que Tony lhe pedira para me emprestar um carro, já que ele tinha ido embora com a caminhonete. Ido embora! Voltei, me sentei e fiquei de novo olhando pela janela. Como era triste a chuva, caindo depois de todas essas semanas de sol e calor. Pensei no sistema de irrigação de Tony e em como ele tinha mantido tudo vivo dia após dia enquanto o resto de nós se regozijava no tempo bom, e comecei a chorar quando me dei conta mais uma vez de como Tony era bom e responsável e nós éramos frívolos e egoístas. Às vezes Justine vinha se sentar ao meu lado e olhava também para a chuva pela janela, e vi que ela estava quase tão triste quanto eu por Tony ter ido embora. Ela me perguntou se eu sabia quando ele voltaria, eu disse que não. Quando escureceu, subi, me deitei na nossa cama e tentei falar com Tony. Ali, na escuridão, me concentrei com todo o meu ser em falar com ele no meu coração, com a esperança de que ele me ouvisse, onde quer que estivesse.

No dia seguinte vieram mais dois homens para fazer as tarefas de Tony no campo e os pequenos trabalhinhos que sempre precisavam ser realizados na terra. Continuei muito parada e quieta, conversando com Tony no meu coração, como eu tinha feito a noite toda. Por nenhum momento questionei a lealdade ou os motivos dele para agir como tinha agido — eu questionava a mim mesma e a minha habilidade para algum dia convencê-lo de que eu ainda era a pessoa que ele pensava que eu fosse. A questão, Jeffers, é que entre duas pessoas tão diferentes como Tony e eu é preciso haver quase um processo de tradução, e em momentos de crise é muito fácil alguma coisa se perder nesse processo. Como poderíamos ter certeza de que nos entendíamos? Como poderíamos saber que estávamos vendo e reagindo à mesma coisa? A segunda casa era apenas um exemplo das nossas tentativas de conciliar essas diferenças, porque nós dois percebemos que em um casamento como o nosso não era possível se alimentar sempre da mesma fonte. Havia uma liberdade naquela situação, mas havia também um tipo de pesar se você suspeitasse que isso representava uma limitação na sua ligação com o outro.

Para mim, as diferenças de Tony eram um teste da minha capacidade em conter minha própria força de vontade, que estava sempre se esforçando ao máximo para fazer tudo como eu queria e pensava que deveria ser, para se adequar à minha ideia. Se Tony se adequasse à minha ideia, ele não seria mais o Tony! Não sei o que em mim constituía um teste similar para ele, e isso não é da minha conta, mas me lembro de quando estávamos construindo a segunda casa e tínhamos começado a chamá-la assim, de tal maneira que eu sabia que não mudaria se continuássemos construindo por mais tempo, eu disse a ele que aquela "segunda casa", aquele "segundo lugar", resumia muito bem o modo como eu me sentia em relação a mim e a minha vida — que era um quase lá, exigindo tanto esforço quanto a vitória, mas essa vitória me era sempre e para sempre, de algum modo, negada, por uma força que eu só conseguia descrever como a força da preeminência. Eu nunca conseguia vencer, e o motivo disso parecia residir em determinadas leis infalíveis do destino que eu — como a mulher que era — não tinha poder para superar. Eu deveria ter aceitado isso no começo e me poupado do esforço! Tony me ouvia e eu percebia que ele estava levemente surpreso pelo que eu estava dizendo, e estava pensando por que estava surpreso, e depois de muito tempo ele disse:

"Para mim não significa isso. Significa um mundo paralelo. Uma realidade alternativa."

Bom, Jeffers, ri alto comigo mesma diante desse exemplo perfeito do paradoxo que somos Tony e eu!

Quando nos casamos, me lembro do pastor me perguntando em particular se eu preferiria que ele removesse a palavra *obedecer* dos votos de casamento — muitas mulheres hoje preferem, ele disse, com uma espécie de piscadela. Respondi que não, eu queria mantê-la, porque me parecia que amar alguém é estar disposto a obedecê-lo, obedecer mesmo à menor criança, e que um amor que não promete ceder nem se submeter é incompleto ou tirânico. A maioria de nós é perfeitamente feliz em oferecer nossa obediência, sem nem sequer pensar a respeito, para quase qualquer meia-tigela que se coloca acima de nós como uma autoridade! Prometi obedecer a Tony e ele prometeu obedecer a mim, e o que eu não sabia, quando estava lá sentada olhando a chuva pela janela, era se esse voto — como alguns — era completamente invalidado por ter sido quebrado uma vez. Eu pedia no meu coração que ele me obedecesse e voltasse para casa, e quase me senti poderosa por pedir isso, porque ao pedir eu era obrigada a entender como ele tinha se sentido naquela noite quando fugi dele para a clareira. Em outras palavras, eu estava pedindo como um alguém mais sábio do que o que eu fora naquele momento, e isso dava a sensação de uma espécie de autoridade, e eu esperava que ele ouvisse e reconhecesse isso.

Choveu direto por cinco dias, e a terra ficou mais escura, a grama, mais verde, as árvores bebiam com suas cabeças abaixadas e os galhos curvados. As calhas mais uma vez pingavam nos barris de água, e aonde quer que se fosse era possível ouvir o som que as gotas faziam ao cair. O pântano jazia soturno ao longe, encoberto por nuvens, ainda que às vezes aparecesse ali uma barra de luz branca fria, que queimava congelada. Era uma visão misteriosa, essa forma opalescente muito longínqua e tão acesa, friamente acesa. Ela não parecia ser emanada pelo sol e havia nela uma piedade frígida que as coisas iluminadas pelo sol não possuem. Eu ficava a maior parte do tempo no meu quarto e não via ninguém além de Justine, que às vezes vinha ficar comigo. Ela me perguntou se eu achava que Tony tinha ido embora por causa de L.

"Ele foi embora porque eu o ridicularizei", eu disse. "L por acaso foi o motivo, só isso."

"Brett também quer ir embora", disse Justine. "Ela diz que L é uma má influência para ela. Diz que ele usa drogas demais e às vezes ela também usa com ele, e isso a está afetando. Não sei como ela aguenta", ela disse, estremecendo. "Ele é tão velho e alquebrado. Não tem nada a lhe oferecer. Ele é só um vampiro que quer sugar a juventude dela."

Me senti muito mal, Jeffers, ao ouvir essa descrição de L — isso fez com que toda a história da presença dele aqui soasse sórdida, uma sordidez pela qual eu era responsável e na qual eu havia enredado nós todos. Naquele momento decidi que ia pedir que ele fosse embora. Havia algo de tão pequeno e suburbano nessa decisão que imediatamente me odiei por tomá-la. Ela me fazia dessemelhante de L, inferior aos próprios atos torpes dele, e sem nenhuma dificuldade eu o imaginava rindo disso na minha cara. Ele poderia recusar, e então eu teria de coagi-lo a ir embora, se necessário com força física — veja só a que ponto essa decisão chegou!

Perguntei a Justine se ela tinha ido até a segunda casa e visto o que eles tinham feito lá, e ela me olhou com culpa.

"Você está muito zangada?", ela disse. "Não foi culpa de Brett, de verdade."

Eu disse que não estava especialmente zangada — estava mais chocada, e o choque às vezes é necessário, pois sem ele resvalaríamos para a entropia. Era verdade que a minha concepção da segunda casa tinha sido alterada de modo irreversível diante da visão do mural terrível de L, e ela jamais voltaria a ser o que um dia fora, ainda que se enterrasse sob camadas de cal cada rastro de tinta. Seria a coisa mais simples do mundo fazê-la ficar como era antes, mas nesse processo ela de alguma maneira se tornaria falsa. Uma espécie de esquecimento — uma traição à verdade da memória — seria encenada, e talvez seja assim que nos tornamos artificiais na nossa própria vida, Jeffers, pelo nosso hábito incessante de esquecimento deliberado. Pensei em como Tony odiaria o mural, sobretudo a cobra enrolada na árvore no meio — cobras são a única coisa de que Tony tem medo. Pintar essa cobra pareceu de repente representar um ataque de L a Tony, uma tentativa de derrotá-lo. Tony estava derrotado? Por isso ele foi embora? Lembrei-me de como L tinha alisado meu cabelo e dito "Pronto, pronto" enquanto eu desabafava sobre o meu pesar. Essa lembrança me fez hesitar e por um momento parei de conversar com Tony no meu coração. Não sabia mais, naquele momento, se Tony alguma vez havia alisado meu cabelo e dito "Pronto, pronto", nem se ele saberia ou até poderia fazer tal coisa, e isso pareceu então ser a única coisa que já desejei que um homem fizesse por mim. Em outras palavras, não era um ataque de L a Tony — era um ataque *meu*, tornado possível por L, que me permitiu duvidar dele!

"Ah, Tony", eu disse a ele no meu coração, "me diga qual é a verdade! É errado desejar coisas que você não pode me dar?

Estou me enganando ao acreditar que devemos ficar juntos apenas porque é mais fácil e gostoso assim?"

Pela primeira vez, Jeffers, considerei a possibilidade de a arte — não apenas a de L, mas toda a concepção de arte — ser ela mesma a serpente, sussurrando em nossos ouvidos, sugando toda a nossa satisfação e nossa crença nas coisas deste mundo com a ideia de que existe alguma coisa mais elevada e melhor dentro de nós que jamais poderia ser equiparada com o que está bem à nossa frente. A distância da arte de repente pareceu ser apenas a distância em mim mesma, a distância mais fria e solitária do mundo em relação ao amor verdadeiro e ao pertencimento. Tony não acreditava na arte — ele acreditava nas pessoas, na bondade e na maldade delas, e acreditava na natureza. Ele acreditava em mim, e eu acreditava nessa distância infernal em mim mesma e em todas as coisas, na qual a realidade delas poderia ser transmutada.

Alguns dias antes de ir embora, Tony me contara sobre um encontro esquisito com L na clareira. Tony tinha acabado de atirar em um cervo ali, uma vez que havia cervos invadindo e comendo as cascas das árvores, o que faria com que as árvores eventualmente morressem. Tony estava satisfeito por ter conseguido abater esse cervo, que ele pretendia esfolar e preparar para comermos. Ele estava atravessando a clareira com o cervo morto nos ombros quando encontrou L no caminho, e em vez de cumprimentar Tony pela caça, L ficou zangado, mesmo depois de Tony explicar os motivos para ter matado o cervo.

"Não vou tolerar matança perto de mim", parece que L disse, e continuou dizendo que, na sua opinião, as árvores poderiam se virar muito bem sozinhas.

Ele parecia não se dar conta de que esta era a propriedade de Tony e de que Tony poderia fazer o que quisesse aqui, e acredito que o motivo disso é que a noção de L de propriedade era um conjunto de direitos inalienáveis ligados a ele mesmo.

A propriedade dele era uma esfera radial em cujo centro estava sua própria persona; eram os arredores de onde quer que ele por acaso estivesse. Ele estava defendendo seu direito de não ser invadido por alguém que poderia decidir entrar e usar uma arma bem ao lado de seu ouvido — pelo menos assim supus. O que eu disse para Tony foi que isso talvez se devesse ao fato de L ter crescido num abatedouro e ter aversão à morte de animais.

"Talvez", Tony disse. "O que ele disse foi que aquilo que fiz era pior do que aquilo que o cervo tinha feito. Mas não concordo. Algumas coisas você tem que poder matar."

Pensei nessa história quando estava sentada na cama encarando a chuva, e o que pensei foi que tanto Tony quanto L estavam certos, mas Tony estava certo de uma maneira que era mais triste, dura e permanente. Tony aceitou a realidade e via esse lugar dentro dela como algo pelo qual ele era responsável; L objetava a realidade e estava sempre tentando se libertar de suas restrições, o que significava que ele acreditava não ser responsável por nada. E o meu próprio desejo de ser alisada, confortada, de que as coisas ruins que tinham acontecido fossem reparadas, estava em algum ponto entre os dois, e foi por isso que fugi de Tony na clareira.

Na noite do quinto dia, a porta do meu quarto se abriu e Tony apareceu na soleira, tão grande quanto a vida! Olhamos um para o outro e nós dois estávamos nos lembrando da última vez em que havíamos olhado um para o outro, Tony da janela e eu lá de baixo, nas árvores, e vi que cada um de nós sabia que havíamos sacrificado uma parte de nós naquele momento que jamais nos seria restituída e que íamos seguir em frente nessa situação mais humilde e empobrecida.

"Você me ouviu?", eu disse, prendendo a respiração.

Ele assentiu devagar com a cabeça, então esticou os braços e eu corri para ele.

"Por favor, me perdoe!", eu disse. "Sei que foi errado o que eu fiz. Prometo nunca mais fazer você ir embora!"

"Eu perdoo você", ele disse. "Eu sei que você só cometeu um erro."

"Onde você estava?", eu disse. "Para onde você foi?"

"Para a cabana em North Hills", ele disse, e eu deixei minha cabeça cair com tristeza, porque a cabana em North Hills é o lugar que mais amo no mundo e é para onde Tony me levou quando nos apaixonamos.

"Ah", eu disse. "E estava muito gostoso?"

Tony ficou em silêncio, e então pensei que eu nunca saberia se North Hills ainda estava muito gostoso se eu não estivesse lá, e isso parecia correto, que eu não soubesse, porque eu tinha machucado Tony e não fazia sentido fingir que não tinha, ou esperar que as coisas tivessem ficado horríveis para ele por causa disso. Mas então ele disse, declarando aquilo que deveria ser óbvio para mim:

"Eu voltei."

Bem, estávamos muito felizes, e então descemos e ficamos ainda mais felizes, Justine fez o jantar para nós e até Kurt ficou um pouco mais animado por Tony estar de novo em casa conosco. North Hills fica a quatro ou cinco horas do pântano, boa parte desse caminho na lama, e era tarde, eu sabia que Tony devia estar cansado, então quando ouvimos uma batida na porta, falei para ele subir e ir deitar que eu mesma iria atender. Brett estava ali na soleira, no escuro, sem casaco, tremendo e de olhos desvairados. Perguntei qual era o problema, e quando abriu a boca ela tremeu tanto que pude ouvir seus dentes batendo através da fenda dos lábios. Ela me falou que L estava morto, ou talvez estivesse, ela não sabia — ele estava no chão do quarto e não se mexia, e ela estava com medo demais para chegar perto e verificar.

Corremos todos na chuva até a segunda casa e encontramos L no chão como Brett havia descrito, mas agora ele estava gemendo alto, o que indicava que pelo menos estava vivo, embora fossem os sons mais estranhos e horrivelmente inumanos que já ouvi. Então Tony, depois de toda a viagem que tinha feito, subiu de novo na caminhonete e dirigiu por duas horas até o hospital com L no banco de trás, onde ele o havia ajeitado com almofadas e cobertores, e Brett no banco da frente. Ele voltou quando amanheceu, com Brett e sem L, que os médicos disseram ter tido um derrame.

Ele teve que ficar duas semanas no hospital, e então Tony e eu fomos até lá buscá-lo. Ele estava muito magro e fraco, mas conseguia andar, e nessas duas semanas parecia ter se tornado um velho — estava totalmente destruído, Jeffers, e caminhava com um tipo de passo deslizante, as pernas dobradas e os ombros curvados o faziam parecer intimidado, como se tivesse sido congelado enquanto se encolhia de medo. Mas o mais chocante eram os olhos, aqueles olhos que brilhavam feito lanterna e antes pareciam lançar revelações onde olhassem. Agora estavam escurecidos, como duas salas bombardeadas. A luz havia se extinguido dentro deles e eles estavam preenchidos por uma escuridão aterradora. Os médicos conversaram conosco sobre a condição de L enquanto ele mantinha a cabeça estranhamente alerta, como se estivesse ouvindo, mas não aos médicos. E essa atenção de outro mundo, em que seus olhos macabros pareciam olhar para o nada, permaneceu uma característica do novo L, até mesmo quando ele passou a conseguir falar e andar livremente. Na verdade, a recuperação física foi bastante rápida, exceção feita à mão direita, cuja função ele jamais recuperaria por completo. Ela estava muito grande, vermelha e inchada, como se tivesse sido ingurgitada de sangue, e pendia de um jeito horrível de seu braço fino, medonha e inerte.

Conversamos muito nessa época — Tony, Justine, Brett e eu — sobre o que poderia ou deveria acontecer, e quando, e como. Os primeiros dias de verão tinham chegado, quentes e plenos, com lufadas grandes e benfazejas de brisa soprando do pântano, mas mal percebemos. Éramos um lar de ministros ansiosos, ponderando sobre o desastre estranho que tinha se abatido sobre nós. Havia inúmeros telefonemas, consultas e investigações práticas, e muitas, muitas discussões noite adentro, mas o resultado disso tudo foi que L ficou exatamente onde estava, na segunda casa, porque não havia nenhum lugar mais para onde pudesse ir. Ele não tinha casa nem família e tinha muito pouco dinheiro, e ainda que nesse momento tivesse ficado mais fácil viajar, não conseguimos encontrar ninguém entre seus amigos e colegas que estivesse disposto a se responsabilizar por ele. Você sabe como aquele mundo é instável, Jeffers, então não há necessidade alguma de entrar nesse assunto. No fim, havia Brett e havia eu, e se eu reconhecia que esses acontecimentos tinham se dado no meu território, e que L tinha vindo para cá sob a minha égide, Brett tinha dificuldade em ver seu envolvimento nessa situação para além de uma aventura divertida que tinha dado errado. Ela tinha vindo com L por mero capricho, não como um plano de vida!

Durante esses dias, pensei muitas vezes na importância da sustentabilidade, Jeffers, e em como pensamos pouco nela quando tomamos decisões e agimos. Se tratássemos cada momento como uma situação permanente, um lugar em que seríamos obrigados a ficar para sempre, as escolhas da maioria de nós seriam muito diferentes no que diz respeito ao que constituiria esse momento! Talvez as pessoas mais felizes sejam aquelas que de modo geral adotam esse princípio, que não tomam empréstimos respaldados pelo momento, mas em vez disso investem naquilo que poderia continuar sem problemas em todos os momentos, sem provocar ou sofrer danos e destruição — mas viver assim exige uma boa dose de disciplina e certa quantidade de sangue-frio puritano. Não culpei Brett por sua relutância em se sacrificar. Ficou evidente, no segundo ou terceiro dia depois de L ter voltado do hospital, que ela nunca havia cuidado de ninguém nem de nada na vida e que não pretendia começar agora.

"Espero que você não pense que estou amarelando", ela disse numa tarde, quando foi me procurar para dizer que o primo dela — o monstro marinho — estava disposto a vir buscá-la de avião e levá-la para casa.

Percebi que eu não sabia onde ficava a casa de Brett, e revelou-se que ela não tinha exatamente uma — ou melhor, ela tinha várias, e por isso não tinha casa alguma. Ela morava em uma casa ou outra do pai ao redor do mundo, e ele sempre a avisava com mais ou menos uma semana de antecedência quando ia chegar, para que ela tivesse tempo de fazer as malas e ir embora, porque a madrasta não gostava de encontrá-la. Seu pai era um jogador de golfe famoso — até eu já tinha ouvido falar dele, Jeffers — e muito rico, e a única coisa que Brett nunca aprendeu a fazer foi jogar golfe, porque o pai nunca a ensinou. É assim que são as coisas na humanidade! Eu a abracei enquanto ela chorava um pouco e disse que voltar para sua vida era exatamente a coisa certa a fazer. Mas no meu coração eu sabia que ela estava apenas fugindo de L e de suas desgraças e que, por todos os seus feitos e beleza, o sentido da vida segundo seu entendimento se baseava no que a agradava ou não. E, no fim das contas, o que há de errado nisso? Brett tinha o privilégio de poder fugir, e era provável que me convencer de que isso era também sua tragédia era a minha tentativa de mascarar a inveja que eu sentia dela. Ainda que fosse abusada, ela era livre — não tinha de ficar ali e resolver essa situação como nós!

Houve um dividendo, porém, em sua partida, que foi ela ter oferecido levar Kurt junto com ela. Aparentemente, o primo estava procurando um assistente pessoal para administrar seus negócios, o que parecia consistir sobretudo em ficar voando por aí no avião dele e vivendo uma vida de ócio e riqueza. Brett acreditava que havia até uma oportunidade de escrever, uma vez que ele estava envolvido na compilação da história da família e era provável que fosse precisar de alguma ajuda com isso.

"Ele não é muito inteligente", ela disse a Kurt, "mas possui muitas ações de uma editora. Ele cuidaria bem de você. Poderia até conseguir que publicassem seu romance."

Kurt pareceu aceitar tudo isso como seu por direito, e uma vez que L estava tão apequenado, o papel de meu protetor de que ele próprio se incumbira tinha se tornado meio obsoleto. Até Justine admitia que seria muito bom, embora ela estivesse um pouco assustada, agora que a perspectiva da separação era real. Eu lhe disse que ela facilmente encontraria outro homem branco para ofuscá-la, se ela decidisse que era isso que queria. Quando disse isso ela riu e para minha grande surpresa disse:

"Graças a Deus você é minha mãe."

E assim se concluiu esse capítulo da nossa vida no pântano, Jeffers, e outro — muito mais opaco e incerto — teria de começar. O que eu sentia naquele momento em relação às emoções que provoquei, uma vez que elas saíram das minhas esferas de controle? Nunca pensei conscientemente que poderia ou iria controlar L, e esse tinha sido meu erro, subestimar meu velho adversário, o destino. Sabe, eu ainda acreditava de certo modo na inexorabilidade daquela outra força — a força da narrativa, da trama, chame como quiser. Acreditava na narrativa da vida, na garantia que ela dá de que todas as nossas ações teriam um significado de um jeito ou de outro e em que, não importava quanto tempo levasse, as coisas acabariam do melhor jeito possível. Como consegui me arrastar pelo mundo até então me agarrando a essa crença, não sei dizer. Mas consegui, e isso pelo menos me impediu de apenas me sentar no meio da rua e desistir muito antes disso tudo. Essa minha parte narrativa — outro dos muitos nomes para a minha força de vontade — agora se punha contra aquilo que L tinha convocado ou despertado em mim, ou o que em mim o havia reconhecido e dessa maneira se identificado com ele: a possibilidade de dissolução da própria identidade, de libertação, com todos os seus significados cósmicos e inapreensíveis. Bem quando eu estava me aborrecendo com a narrativa sexual — aquela que, dentre todas as narrativas, é a que mais distrai e ilude —, ou ela estava se aborrecendo comigo, eis que vem esse novo esquema espiritual para escapar do inescapável, o destino do corpo! Era para o próprio L representar isso, ele mesmo encarnar isso — era o corpo dele que tinha dissolvido e cedido, não o meu. Ele esteve assustado comigo o tempo todo e tinha razão de estar, porque com todo esse papo de me destruir, fui eu, aparentemente, quem o destruí primeiro. Mas não levei para o lado pessoal, Jeffers! Acho que era a mortalidade o que eu representava para ele, porque eu era uma mulher que ele não podia ofuscar ou transfigurar pelo seu próprio desejo. Em outras palavras, eu era sua mãe, a mulher que ele sempre temeu que o comesse e que levasse embora seu corpo e sua vida, assim como ela o havia criado.

A imagem que ficou na minha cabeça ao longo desses dias tumultuados foi a de Tony, na noite em que Brett veio nos dizer que L estava no chão da segunda casa. Quando chegamos lá, demos uma olhada em L e percebemos que ele precisava ir para o hospital, Tony o pegou nos braços e o carregou com tranquilidade para fora do quarto. Como L teria odiado, pensei, ver a si mesmo sendo carregado majestosamente por Tony como uma boneca quebrada! Eu tinha ido na frente de Tony para a sala para acender as luzes, e por isso o vi quando ele atravessou a porta com L nos braços e se deparou pela primeira vez com a pintura de Adão, Eva e a serpente. Ele absorveu aquilo, Jeffers, sem hesitar nem pausar, e era como se caminhasse, tranquilamente e sem hesitar, através de um fogo chamejante, resgatando dali o próprio incendiário. Também me senti chamuscada pelo mesmo fogo naqueles minutos: ele ardia perto de mim, perto o suficiente para me lamber com sua língua quente.

É obviamente um fato notório, Jeffers, que a obra tardia de L operou o renascimento de sua reputação e também lhe rendeu uma fama real, ainda que eu acredite que parte dessa fama se deva simplesmente ao voyeurismo que sempre aparece em torno da aura da morte. Os autorretratos dele são verdadeiras fotos da morte, não são? Ele conheceu a morte na noite do derrame e viveu com ela, se não feliz, pelo menos para sempre. No entanto, pessoalmente ainda encontro muito da iconografia do eu naqueles retratos, suponho que seja inevitável. Eles remetem à pessoa que ele tinha sido; irradiam obsessão e descrença de que isso pudesse acontecer — com ele! Mas o eu é nosso deus — não temos nenhum outro —, e portanto essas imagens foram recebidas com grande fascinação e boa vontade no mundo. E então houve os cientistas, perscrutando a evidência de um evento neurológico, tão bela e precisamente descrito pelas pinceladas de L. Essas pinceladas iluminaram alguns dos mistérios que aconteceram na escuridão do cérebro dele. Como pode ser útil um artista quando se trata de representação! Sempre acreditei que a verdade da arte é equivalente a qualquer verdade científica, mas ela deve manter o status de ilusão. Por isso não gostei de L ser usado como prova de alguma coisa e trazido, como foi, à luz. Essa luz era indistinguível, naquela época, dos holofotes da fama, mas um dia poderia se tornar, tão facilmente, a luz do escrutínio insensível, e esses mesmos fatos, usados como prova de algo completamente diferente.

Mas é das pinturas noturnas que eu gostaria de falar, e nelas o poder da ilusão não capitulou. Essas pinturas foram realizadas no pântano em um período extraordinariamente curto, e gostaria de dizer o que sei das condições e do processo de criação delas.

Depois de Brett ir embora e L ficar sozinho na segunda casa, logo surgiu a questão de como tomar conta dele. Eu sabia que não seria bom para meu relacionamento com Tony se eu assumisse o papel de enfermeira de L e estivesse sempre à sua disposição: eu já tinha estado naquele precipício e olhado para baixo, nada me arrastaria de volta para lá! O próprio Tony teve que fazer muita coisa por L nos primeiros dias, uma vez que sua força física era necessária para levantá-lo e mudá-lo de lugar, e L se tornou bastante dependente de Tony para fazer o básico, ainda que o tratasse com arrogância. Ele tinha voltado do hospital com um jeitinho bem rabugento e exigente e também com uma leve gagueira, e dava para ouvi-lo dando ordens a Tony como um verdadeiro delfim.

"T-t-t-tony, você pode mudar a po-posição da cadeira para a frente da janela? Não, está pe-pe-perto demais, mais pra trás — isso."

Me acostumei com a visão que tanto me impactara na primeira noite em que a vi, a de Tony carregando L nos braços, às vezes por uma boa distância, até a parte de baixo do jardim, se houvesse algo na paisagem que L quisesse ver. Mas, como eu disse, L retomou o controle do corpo bastante rápido, e Tony fez duas lindas bengalas para ele com galhos de uma árvore jovem, e logo ele pôde claudicar pelos lugares sem ajuda. Apesar disso, ele não conseguia cozinhar nem cuidar de si mesmo, então quando começou a trabalhar e precisou selecionar e alcançar seus materiais, ficou claro que alguém teria de ficar à sua disposição para assisti-lo. Justine, para minha surpresa, se voluntariou para o papel, e então Tony voltou para suas tarefas normais e eu me vi com apenas um pouco mais de coisas para fazer do que meu nada costumeiro, tomando conta deles dois.

A catástrofe tem o poder de nos libertar, Jeffers? A intransigência daquilo que somos pode ser destruída por um ataque violento o suficiente para garantir que apenas sobrevivamos a ele? Eram essas perguntas que eu me fazia no início da recuperação de L, quando uma energia nova, crua e sem forma começou a emanar dele de um modo bastante perceptível. Era um jato de vida jorrando do buraco imenso que havia sido aberto nele, e não tinha nome, consciência nem direção próprios, e eu o observei conforme ele começava a tentar percebê-lo e apreendê-lo. Ele fez o primeiro autorretrato três semanas depois de voltar do hospital, e Justine me descreveu as agonias pelas quais ele passou, empenhando-se para segurar o pincel com a mão direita deformada e inchada. Ele preferia pintar de pé, ela disse, com uma bengala na mão esquerda e um espelho ao seu lado. Ela segurava a paleta para ele, escolhia e misturava as tintas onde ele pedia. Os movimentos de seu braço eram inacreditavelmente lentos e árduos, ele gemia sem parar e derrubava constantemente o pincel por causa do tremor violento da mão. Não deve ter sido nada agradável assisti-lo! Esse primeiro retrato, com sua grande linha de visada diagonal deslizante, o mundo se derramando para dentro no canto superior direito e escorrendo para fora no inferior esquerdo, era cru de um modo chocante — chocante por causa da precisão do instante que ainda se podia perceber através e atrás dele. Estava fustigado mas ainda vivo, em outras palavras, e essa dissonância entre consciência e existência física — e o horror de vê-la registrada, que era muito parecido com o horror de ver um animal moribundo — se tornou a assinatura dos autorretratos e o motivo de seu apelo universal, mesmo quando L se tornou capaz de executá-los com mais controle.

Logo L queria sair, e Justine teve a ideia de pendurar uma buzina de brinquedo, que ela encontrou em sua velha caixa de brinquedos, ao redor do pescoço dele com um pedaço de barbante, para que ele pudesse apertar a bexiga de borracha e buzinar onde quer que estivesse se precisasse dela. Tive medo de que L considerasse isso uma afronta à sua dignidade, mas na verdade isso parecia lhe agradar e divertir, e eu ouvia o tempo todo aquele som fraco de buzina vindo de diferentes pontos da propriedade, como o chamado de um pássaro quando, sem ser visto, circula pela natureza. Era muito útil, uma vez que ele estava começando a passear bastante longe, Justine disse, e às vezes pensava que não conseguiria voltar ou derrubava alguma coisa e não conseguia pegá-la. Percebi que o destino dele era o pântano: a cada dia ele chegava mais perto. Certa tarde, fui até a proa do barco sem mar, onde L estava parado como tinha estado no dia da nossa primeiríssima conversa, e essa coincidência me levou a exclamar, de um jeito meio absurdo:

"Tanta coisa mudou, e no entanto nada mudou!"

Quando teria sido tão verdadeiro — e tão vão — dizer que nada mudara, e no entanto tanta coisa tinha mudado, Jeffers. Uma coisa que não tinha mudado era o olhar indiferente e de repúdio com que L muitas vezes me agraciava e ao qual, apesar disso, nunca me acostumei. Mesmo fraco, ele me agraciou com esse olhar agora e disse, vacilante:

"V-você não muda. Nunca vai mudar. Você não se permite."

Veja só, eu ainda era a inimiga pública número um, mesmo depois de tudo o que tinha acontecido!

"Estou sempre tentando", eu disse.

"Apenas uma em-m-moção verdadeira pode mudar uma pessoa. Você vai ser carregada por isso", ele disse, e com isso entendi que ele queria dizer que minha imutabilidade seria minha maldição, como a árvore que quebra na tempestade porque não consegue se curvar.

"Estou protegida", eu disse a ele, levantando a cabeça.

"Você foi longe, mas eu fui ainda mais", ele disse, ou pensei que disse, porque ele falou de um jeito mais incompreensível do que nunca, "e eu conheço uma destruição que passa por cima da sua proteção."

E foi mais ou menos esse o tom da minha dinâmica com L a partir desse ponto. Ele foi invariavelmente hostil comigo durante o período de sua recuperação. Era como se estar doente tivesse oferecido a ele uma grande oportunidade para perder a inibição. Outra vez me disse:

"Tudo que havia de bom em você foi para a sua filha. Fico me perguntando o que sobrou aí agora, onde costumava ficar o que havia de bom."

Ele enfiou na cabeça que eu ficava o tempo todo o encarando, e às vezes me dava sustos estalando os dedos da mão esquerda na frente dos meus olhos.

"Olhe só para você, me encarando com um gato faminto com seus olhos verdes — bem, eu estalo meus dedos pra você."

Estalo!

Tudo isso de repente se tornou demais para mim, e certo dia, quando eu estava amarrando os sapatos, desmaiei, e não me lembro de nada do que aconteceu nas vinte e quatro horas seguintes — parecia que eu estava de férias, deitada na cama com um sorriso na cara, enquanto Tony e Justine se revezavam, ansiosos, ao meu lado, segurando minha mão. Quando me levantei, descobri que um amigo de L havia escrito me perguntando se ele podia fazer uma visita. Estava preocupado com L, disse, que conhecia havia anos, e ainda mais preocupado comigo e os apuros em que me meti por L ter ficado doente na minha propriedade. Ele também levaria dinheiro da galerista de L, para pagar eventuais despesas que eu tivesse contraído por causa de L. Portanto, retornei da minha breve estadia no mundo inferior para descobrir que o mundo de cima estava um pouco mais sadio do que quando o deixei. Respondi a ele dizendo que poderia vir quando quisesse — ele se chamava Arthur —, e cerca de uma semana depois um carro estacionou na entrada da garagem e lá estava ele!

Arthur era um encanto, Jeffers, um sujeito alto, bonito, cortês, com uma cabeleira escura brilhante e esplêndida, e que me surpreendeu muito, depois de saltar do carro e se apresentar, ao cair no choro, algo que ele faria muitas vezes durante sua estadia, sempre que sua empatia e compaixão fossem despertadas. Ele costumava continuar falando e até sorrindo enquanto chorava, como se isso fosse um fenômeno natural e completamente normal, como um aguaceiro. Tony achava esse hábito tão divertido que irrompia em risadas sempre que Arthur fazia isso.

"Não estou rindo de verdade", ele dizia a Arthur, os ombros chacoalhando de tanta hilaridade. Ele queria dizer que não estava rindo *dele*. "Só que isso é muito legal."

Os dois se tornaram bons amigos e são próximos ainda hoje, se chamam de "irmãos", de tal modo que é como se Tony tivesse recuperado o parente que perdeu na juventude. Fico feliz em atribuir essa vantagem de certo modo a L; não fosse isso, sua presença não teria servido de nada para Tony. Mas, sentada entre ambos naquela primeira tarde, um chorando e o outro rindo, me perguntei em que lugar mais esquisito eu tinha amarrado meu barquinho!

Arthur estava louco para ir ver L, e enquanto estava lá arrumei um quarto para ele na casa principal. Voltou duas horas depois, com uma expressão horrorizada e seu belo cabelo em pé, como uma afronta.

"É muito chocante", ele disse. "Você não deve cogitar se responsabilizar por isso."

Fazia mais de vinte anos que ele conhecia L, Jeffers, e provavelmente sabia da vida dele mais do que qualquer outra pessoa. Quando era muito mais jovem — ele agora estava na casa dos quarenta —, Arthur tinha sido assistente de L em seu estúdio, quando L ainda era bem-sucedido o suficiente para precisar de algo assim. Ele fora a vernissages com L e o observara sendo promovido diante de colecionadores como uma filha cada vez menos propensa a se casar, e percebeu que ele, Arthur, não queria mais relação alguma com o mundo da arte, ainda que tivesse tido a esperança de se tornar pintor. Ainda assim, permaneceu em contato com L ao longo dos anos. Era verdade que L estava com poucos recursos, ele disse, como muitas pessoas nas atuais circunstâncias, mas o declínio de L vinha acontecendo fazia muito tempo, antes disso tudo, e agora ele estava no fundo do poço em termos de dinheiro e boa vontade. E não havia ninguém que ele reconheceria como sendo da família, mas Arthur tinha conseguido localizar uma meia-irmã que talvez, ele achava, pudesse ser convencida a acolhê-lo. Ela ainda morava onde L tinha nascido. Seus meios-irmãos já tinham todos morrido. No mínimo o Estado teria de se encarregar dele, e Arthur estava disposto a tomar as providências necessárias.

Bem, Jeffers, de certo modo foi um grande alívio ouvir tudo isso, mas ao mesmo tempo eu não suportava a ideia de L ser relegado ao destino que Arthur descrevera. Se ao menos ele tivesse tirado vantagem da minha boa vontade, se dado melhor comigo, sido mais legal, mais gentil, mais recíproco...

"É difícil ter uma cobra como bicho de estimação", Arthur disse, com empatia, mas indo direto ao ponto.

Só que eu estava em polvorosa, alguma parte dentro de mim acreditava que, se eu conseguisse ser mais generosa, L estaria a salvo. Mas de quem ou do que eu pensava estar salvando L? Eu gostava de pensar que estava disposta a ir até o fim do mundo por L — mas apenas se ele mantivesse sua parte no trato, e fosse agradecido, educado, e se ajustasse à visão da vida agradável e confortável que eu lhe oferecera. O que ele jamais poderia nem iria fazer!

"Ele não é responsabilidade sua", Arthur repetiu, vendo minha aflição, enquanto lágrimas começavam a rolar por suas bochechas. "Ele é um homem-feito que fez suas próprias escolhas. Acredite em mim, ele sempre fez exatamente o que quis e nunca se importou com o que qualquer pessoa sentisse a respeito disso. Teve uma vida oposta à de alguém como você — jamais se perturbou um minuto sequer por causa de outras pessoas. Convenhamos, ele não a ajudaria", disse gentilmente, secando os olhos, "se você estivesse morrendo na frente dele na rua."

Apesar de tudo, Jeffers, uma parte dentro de mim ainda acreditava que sim, ele me ajudaria.

"Aliás, você viu o que ele tem feito lá?", Arthur disse. "Os autorretratos — eles são inacreditáveis."

Devo dizer que, por mais preocupados que estivéssemos, tivemos uma noite maravilhosa com Arthur, que era tão divertido, e quando Justine veio se juntar a nós e viu o desconhecido bonitão, ela corou dos pés à cabeça e eu vi como ficou bonita, como de certo modo estava pronta, e me perguntei se era assim que um pintor se sentia olhando para a tela e percebendo que ele não deveria nem poderia fazer mais nada com ela. Arthur foi embora na manhã seguinte, com a promessa de que entraria em contato logo e voltaria assim que possível. E ele voltou, mas quando isso aconteceu as coisas tinham mudado novamente.

Em meados do verão, L era muito mais ele mesmo, ainda que em uma versão atrofiada e muito irascível. Agora ostentava no rosto um olhar que é difícil de descrever, Jeffers — em resumo, era o olhar de um animal que foi pego por um animal maior e sabe que não há possibilidade de escapatória. Não havia resignação nesse olhar, e não imagino que o animal também sinta muita resignação na mandíbula de seu predador, apesar da inexorabilidade do seu destino. Não, era mais como o lampejo de uma lâmpada quando queima o fusível, se iluminando e se extinguindo quase no mesmo instante. L ficou preso em um longo instante de iluminação, em que ele percebeu, ao que me parece, seu eu completo e a extensão de seu ser, por estar ao mesmo tempo vendo o fim daquele ser. Na sua expressão, percepção e medo eram indistinguíveis. E no entanto havia ainda outro tipo de maravilhamento, como no fato em si de sua própria existência.

Foi mais ou menos nessa época que Justine começou a dizer que L estava dormindo muito mais durante o dia e trabalhando até tarde da noite. O tempo estava bastante quente e muitas vezes havia uma lua grande e brilhante, e ela começou a encontrá-lo sentado na proa do barco, muito depois de a escuridão da noite ter caído. De manhã, ela o via dormindo no sofá da sala, vários esboços espalhados pela mesa. Eram esboços em aquarela, e tudo o que ela sabia dizer era que eram imagens da escuridão, que a lembravam de como ela tivera medo do escuro quando criança e acreditava poder ver coisas que não estavam ali.

Certo dia, L perguntou se ela arrumaria uma bolsa ou sacola para ele usar, para levar os materiais consigo para fora, e ela encontrou algo assim e guardou ali os materiais que ele indicou. Ele tinha passado a ficar muito agitado no crepúsculo, ela disse, e começava a andar freneticamente pela sala, às vezes trombando com as paredes ou esbarrando nos móveis, e embora costumasse ser muito gentil e educado com ela, podia às vezes gritar se ela por acaso o chamasse quando ele estava nesse estado. Ao ouvir isso, decidi que Justine precisava de uma noite de folga. Já que estava tão quente, sugeri que Tony tomasse conta de L naquela noite, enquanto eu e ela deceríamos para nadar em uma das enseadas do pântano. De um jeito ou de outro, não tínhamos nadado muito naquele verão, embora fosse a coisa que eu mais gostasse de fazer. Nós costumávamos nadar de dia — havia anos que eu não fazia algo tão romântico quanto descer e nadar à luz da lua! Então depois do jantar Justine e eu pegamos nossas toalhas, deixamos Tony tirando a mesa e saímos andando pelo jardim e pelo caminho que dava no pântano.

Que noite estava fazendo, a lua tão brilhante que projetava nossas sombras pela terra arenosa, e tão quente e sem vento que mal sentíamos o ar contra nossa pele. A maré estava alta, as enseadas estavam cheias, um brilho opalescente se estendia por toda a água e a lua fulgurava um caminho frio e branco desde o horizonte distante até nossos pés. E então, em meio a toda essa perfeição, nos demos conta de que, na pressa, tínhamos esquecido de trazer nossa roupa de banho!

A única coisa a fazer era nadarmos nuas, já que nenhuma de nós queria subir tudo de volta até a casa, mas havia certo tabu em torno dessa ideia, pelo menos para nós, e vi que Justine hesitou quando nos demos conta da nossa situação. Jeffers, é difícil entender o constrangimento físico que se desenvolve entre um filho e um pai, dado o caráter carnal do elo entre eles. Sempre tomei cuidado, quando Justine passou a ter idade para prestar atenção, em não impor minha carne a ela, embora eu tenha levado mais tempo para aceitar a necessidade dela de privacidade. Lembro-me da surpresa — quase tristeza — que senti na primeira vez em que ela fechou a porta para mim quando foi tomar banho. Quantas vezes não fui obrigada a me dar conta de que são os filhos que ensinam aos pais, não o contrário! Talvez não seja assim para todos, mas posso dizer que, quanto a mim, eu tinha certeza de que, de todos os corpos que havia, o meu era o que Justine menos gostaria de ver sem roupa, e eu não a via nua fazia muito anos.

"Sem olhar", eu por fim lhe disse.

"Está bem", ela disse.

E arrancamos nossas roupas o mais rápido que conseguimos e corremos gritando para dentro d'água. Acredito que determinados momentos da vida não obedecem às leis do tempo e duram para sempre, e esse era um deles: eu ainda o estou vivendo, Jeffers! Logo ficamos quietas depois daquela barulheira inicial e nadamos em silêncio na água que, à luz da lua, parecia tão espessa e pálida quanto o leite e deixava imensos sulcos lisos atrás de nós.

"Olha!", Justine gritou. "O que é isso?"

Ela tinha nadado um pouco para longe de mim, estava boiando e mergulhando os braços para baixo e para cima da superfície, de modo que a água escorria deles como uma luz derretida.

"É a fosforescência", eu disse, levantando os braços e observando a luz estranha correr por eles como se não tivesse peso.

Ela dava gritinhos, maravilhada, porque nunca tinha visto isso antes, e, Jeffers, me ocorreu que a capacidade humana para a receptividade é uma espécie de direito inato, um ativo que nos é dado no momento da nossa criação e por meio do qual somos designados a regular a moeda da nossa alma. A menos que devolvamos para a vida a mesma quantidade que tomamos dela, essa aptidão vai nos faltar, cedo ou tarde. Minha dificuldade, eu vi naquele momento, sempre residiu em encontrar uma maneira de devolver todas as impressões que recebi, de prestar contas a um deus que nunca vem, nunca vem, apesar do meu desejo de entregar tudo que estava guardado dentro de mim. E ainda assim minha capacidade para receber não havia, por algum motivo, me faltado: continuei devorando ao mesmo tempo que ansiava criar, e vi que convoquei L através de continentes acreditando intuitivamente que ele poderia executar essa função de transformação para mim, poderia me lançar para dentro da ação criativa. Bem, ele havia acatado e aparentemente nada de significativo veio disso, além de lampejos momentâneos de insights entre nós, dispersos entre tantas horas de frustração, vazio e dor.

Nadei até o fim da enseada e, quando me virei, vi Justine saindo da água para o banco de areia. Ou não estava consciente de que eu a olhava, ou havia decidido não perceber, porque caminhou sem pressa para buscar a toalha, sua silhueta branca revelada pela luz da lua. Ela era tão macia, vigorosa, imaculada, tão jovem e forte! Postava-se como um cervo se posta, orgulhoso, com sua galhada erguida, e ali na água estremeci diante do poder e da vulnerabilidade dela, esse ser que eu tinha feito e parecia ao mesmo tempo vir de mim, estar fora e além de mim. Ela se secou rápido e se vestiu enquanto eu nadava para a margem, e eu também estava me vestindo quando ela pegou no meu braço, apertou e disse:

"Tem alguém aqui!"

Nós duas olhamos para as sombras compridas para além do caminho e de fato havia uma silhueta ali, meio que correndo, indo embora.

"É L", Justine disse, debochada. "Você acha que ele estava nos espiando?"

Bem, eu não sabia se estava ou não, mas ele com certeza saiu correndo mais rápido do que imaginei que seria capaz! Quando voltamos para a casa, vimos que, em vez de ter tomado conta de L, Tony havia caído no sono em sua poltrona, então eu mesma fui até a segunda casa para me certificar de que estava tudo bem. Nenhuma luz estava acesa, mas a noite ainda estava tão iluminada que não tive problemas em me guiar pela clareira, e ao me aproximar conseguia ver com bastante clareza a sala através das janelas sem cortinas. Fosse ou não ele quem vimos no pântano, L estava agora diante de seu cavalete, e a luz da lua caía em faixas pálidas de um lado ao outro dele, dos móveis e do chão, de modo que ele quase parecia ser um mero objeto entre outros. Ele estava trabalhando com muita concentração, tanta que mal se mexia, ainda que eu acredite que ele costumava ser bastante cinético e móvel enquanto pintava. Mas estava parado, e ao observá-lo percebi que determinado tipo de paralisia é a forma mais perfeita de ação. Ele estava muito próximo da tela, quase como se estivesse se alimentando dela, e isso me impedia de vê-la. Fiquei ali por muito tempo, sem querer perturbá-lo com algum barulho ou movimento desajeitado, e então muito silenciosamente fui embora, sentindo que havia testemunhado algo nos moldes de um sacramento, o tipo de sacramento que só acontece na natureza, quando um organismo — seja a menor flor ou a maior fera — corrobora, em silêncio e sem testemunha, seu próprio ser.

Jeffers, eu gostaria de ter prestado mais atenção no período que estou descrevendo para você, não porque não me lembre dele, mas porque não o vivi como poderia ter desejado vivê-lo. Bem que alguma coisa poderia nos avisar, com antecedência, em quais partes da vida deveríamos prestar atenção! Prestamos atenção, por exemplo, quando estamos nos apaixonando, e então depois, em quase todos os casos, percebemos que estávamos nos iludindo. Aquelas noites em que L fez as pinturas noturnas foram para mim o oposto de se apaixonar. Eu vagava com pouca disposição, num estado quase inconsciente, me arrastando para sair da cama de manhã e sentindo como se carregasse alguma coisa morta dentro de mim. Assolava-me o tempo todo a sensação de que eu tinha sido ludibriada ou enganada pela vida, e me lembro de ser incapaz de conter uma expressão sardônica e fatalista que assaltava meu rosto e às vezes eu entrevia no espelho. Até parei de tentar me comunicar com Tony, o que significou que nossas noites eram silenciosas, porque se eu não falo, ninguém fala. No entanto, estava acontecendo nesses dias exatamente o que eu tinha desejado por tanto tempo — que L encontrasse uma maneira de capturar a inefabilidade da paisagem do pântano e assim destravasse e gravasse algo da minha própria alma.

Justine me contou que L fazia uma pintura nova por noite e que a cada vez se dava a mesma rotina — a agitação que se intensificava ao longo de poucas horas, seguida por L se lançando para fora de casa com sua bolsa de tintas e se precipitando no escuro. Em outras palavras, as pinturas eram criadas quase como performances, exigindo que ele se preparasse ou se aquecesse antes, como fazem atores ou outros artistas. Mais que tudo, isso deveria ter me alertado de que nos aproximávamos de um encerramento, uma vez que esse tipo de comportamento extremado era de todo insustentável, mas naquele tempo tudo que eu sentia era um ressentimento pelo trabalho e pela preocupação que isso estava causando para Justine. Mal notei que L estava se distanciando muito de si mesmo em seus encontros noturnos, e portanto ele devia ter encontrado alguma coisa em busca da qual saía repetidas vezes, mas isso apenas me levou a sentir um ciúme vagamente suspeito, do tipo que sente uma esposa quando suspeita que o marido está tendo um caso mas ainda não quer confessar isso nem a si mesma. Tudo que eu sabia era que L tinha se distanciado de mim, nem se lembrava de mim, enquanto exercia seu direito de viver ao meu entorno, como se eu não existisse.

Então certa tarde o encontrei inesperadamente, enquanto me arrastava sem objetivo algum pelos caminhos do pântano — ele estava sentado em uma das pequenas falésias que dão vista para as enseadas. O pântano estava bastante seco agora por causa do calor, e suas cores castanhas e desbotadas tinham um ar nostálgico, então parecia que você estava olhando para ele através de uma distância tanto no tempo quanto no espaço. Havia um cheiro de alfazema-do-mar na brisa, o que para mim é o cheiro dos verões, e até esse odor parecia conter uma nota melancólica, como se tudo que tivesse sido ou pudesse ser alegre e bom estivesse irremediavelmente no passado. Acho que teria seguido reto por L, de tão exilada dele que me sentia, se ele não tivesse virado a cabeça quando me aproximei e — depois de alguns segundos, durante os quais tenho certeza de que não me reconheceu — me olhou de um jeito bastante gentil.

"Fico feliz que você tenha vindo", ele disse quando me sentei ao seu lado. "Nem sempre nos demos bem, não é?"

Ele falava de um jeito pouco claro e bem distraído, e apesar de eu estar surpresa com suas observações, fiquei ao mesmo tempo me perguntando se ele tinha consciência do que estava falando e para quem.

"Não sei viver minha vida de nenhum outro jeito", eu disse.

"Isso não importa agora", ele disse, dando tapinhas na minha mão como um tio mais velho faria. "Tudo isso acabou. Tantos dos nossos sentimentos são ilusão", ele disse.

E essa observação me pareceu tão verdadeira, Jeffers!

"Descobri uma coisa", ele disse.

"Você vai me contar o que é?"

Ele voltou seus olhos vazios para mim e senti uma dor terrível percorrer meu corpo à visão daqueles círculos mortos. Eu não precisava ouvir qual era a descoberta dele — eu podia enxergar bem ali!

"Aqui é tão gostoso", ele disse depois de um tempo. "Me agrada ficar observando os pássaros. Eles me divertem, gostam de ser assim. Somos terrivelmente cruéis com os nossos corpos, sabe. Então eles se recusam a viver por nós."

Acredito que ele falava não sobre morte, mas sobre não estar na vida, o que a maioria de nós faz bastante.

"Você sempre fez o que quis", eu disse, um pouco amarga, porque a mim parecia que era isso que ele tinha feito e o que a maioria dos homens fazia.

"Mas acontece que", ele disse depois de um tempo, como se eu não tivesse falado nada, "nada é real, no fim das contas."

Acho que entendi então que a doença dele o havia libertado de sua própria identidade, história e memória de um jeito tão violento e completo que ele tinha enfim se tornado capaz de realmente ver. E o que tinha visto não foi a morte, mas a irrealidade. Foi isso, penso, o que ele descobriu, e era disso que falavam as pinturas noturnas — e a pergunta que eu quis ter feito a ele naquela tarde no pântano era sobre o que viria depois dessa descoberta, mas talvez L não soubesse mais do que qualquer um de nós a resposta para essa pergunta. Em vez disso, ficamos ali sentados, observando os pássaros adejando e pairando na brisa, e depois de mais ou menos meia hora sentada ali em silêncio, me levantei e ele continuou onde estava e parecia querer continuar. No entanto, ele olhou para cima, para mim, pegou minha mão de repente com sua única mão forte, seca, ossuda, e disse, do mesmo jeito impessoal e vago:

"Sei que logo você vai se sentir melhor."

E nos despedimos, e nunca mais vi L.

Tony tinha feito uma colheita grande de frutas e vegetais no jardim e fiquei dois dias presa na cozinha do nascer ao pôr do sol, suando em nuvens de vapor, branqueando, enlatando e conservando, e era isso que eu estava fazendo na manhã em que Justine entrou correndo na cozinha e me contou que L tinha desaparecido.

"Como ele pode ter desaparecido?", eu disse.

"Não sei", ela gritou, e me entregou um bilhete.

M

Decidi seguir em frente. Vou tentar ir a Paris, afinal. Faça o que quiser com as pinturas, com exceção da número 7. Essa é para Justine. Faça o favor de entregar a ela.

L

Pois bem! Por mais semialeijado que estivesse, ele decidiu bater em retirada atrás daquela fantasia sexual antiga e decidiu botar seu pangaré no páreo da vida mais uma vez! Bem, Jeffers, houve muitos tipos de pandemônio enquanto tentávamos descobrir para onde ele tinha ido e como, mas no fim resolveu-se o mistério de um jeito simples, quando um dos homens mencionou a Tony que ele mesmo tinha levado L até a estação, depois de L tê-lo abordado num campo próximo da casa cerca de uma semana antes para pedir esse favor. Eles combinaram um horário, L ofereceu pagamento e isso foi educadamente recusado, e o homem imaginou que tudo estivesse sendo feito às claras. O que de certo modo estava, acho.

Nunca consegui descobrir os detalhes exatos da viagem de L nem como, no seu estado tão fragilizado, ele conseguiu chegar tão longe a partir da nossa pequena estação, mas é amplamente sabido que ele morreu de outro derrame, num quarto de hotel em Paris, não muito depois de ter chegado. Logo que soubemos da notícia, Arthur estacionou de novo na entrada da nossa garagem e juntos reviramos tudo, embalamos as pinturas e os esboços, todos os cadernos de L e outros materiais, e certo dia uma van imensa chegou para levar tudo embora para a galeria de L em Nova York. Não demorou muito para que o burburinho que começou lá ressoasse aqui, e passei a receber todo tipo de perguntas e pedidos de informação e a ver meu nome nos artigos que logo passaram a sair sobre as últimas pinturas de L. Ele afinal tinha se correspondido com certo número de pessoas durante o tempo em que ficou na segunda casa e não perdeu nenhuma oportunidade de contar a elas as coisas mais horríveis e ignominiosas sobre mim e sobre a mulher controladora e destrutiva que eu era, e sobre Tony, que ele citava de maneira bastante obsessiva, sempre — ou apenas — no limite de tirar sarro dele ou humilhá-lo.

Tony ficou bastante tranquilo em relação a isso, considerando tudo que tinha feito por L e o pouco que tinha lucrado no histórico da nossa dinâmica com ele.

"Você confiava nele?", perguntei, já que eu acreditava que ele jamais tivesse confiado.

"Apenas um animal selvagem não confia em ninguém", disse Tony.

Ele não se importou com os artigos, já que ninguém que ele conhecia lia os tipos de jornais em que eles eram publicados, mas notou quanto as opiniões de L me afetavam e ficou preocupado que minha vida com ele no pântano talvez tivesse sido arruinada.

"Você quer ir para outra parte?", ele me perguntou, o que, em termos de sacrifícios, era como se ele oferecesse cortar o próprio braço direito fora.

"Tony", eu disse a ele, "*você* é a minha vida — você é a minha única segurança na vida. Onde quer que você esteja, a comida tem um gosto melhor, eu durmo melhor e todas as coisas que vejo parecem reais, em vez de umas sombras pálidas!"

No que me diz respeito, as pessoas nunca gostaram de mim desde que eu era pequenininha, e aprendi a viver com isso, porque as poucas pessoas de quem gostei sempre gostaram de mim também — todas, com exceção de L. A calúnia dele, portanto, teve um efeito improvável sobre mim. Ao ouvir as coisas horrorosas que ele disse de mim, me pareceu que nada estava estabelecido, nenhuma verdade no universo todo, a não ser a verdade única e imutável de que não existe nada além do que você cria para si mesmo. Perceber isso é dar um último e solitário adeus aos sonhos.

Mais luta do que dança, Jeffers, como Nietzsche descreveu a vida!

Então desisti de L, desisti dele no meu coração, e preenchi o lugar secreto que por todo esse tempo eu havia mantido livre para ele dentro de mim. Alguém escreveu perguntando se era verdade que havia um mural pintado pelas mãos de L na minha propriedade; fui até a cidade, comprei uma lata grande de cal, e eu e Tony pintamos por cima do Adão, da Eva e da serpente, pendurei as cortinas de volta na segunda casa e disse a Justine que ela podia considerar que o lugar era dela, e para seu usufruto apenas, como e quando quisesse.

Ela pendurou lá a pintura noturna dela — a número 7: como sua proprietária, agora tem a peculiar distinção de ser a pessoa mais rica que conheço! Embora eu não acredite que ela um dia vá vendê-la. Mas gosto de pensar que, ainda que inadvertidamente, L lhe deu liberdade, a liberdade de não precisar de outros para sobreviver, que ainda é uma coisa difícil de uma mulher obter. Ela está apaixonada por Arthur, é claro, então ainda tem esse jogo de azar para jogar — como, imagino, terá para sempre. Talvez se possa dizer que metade da liberdade é ter o desejo de apanhá-la quando ela é oferecida. Que cada um de nós, como indivíduos, deve agarrar isso como um dever sagrado e também como o limite do que um pode fazer pelo outro. Para mim é difícil acreditar nisso, porque a injustiça sempre me pareceu muito mais forte que qualquer alma humana. Talvez tenha perdido minha chance de ser livre quando virei mãe de Justine e decidi amá-la como amo, porque vou sempre temer por ela e pelo que o mundo injusto pode fazer com ela.

A pintura é singular dentre as outras da série, e para mim a mais misteriosa e bonita de todas, uma vez que, diferente delas, tem duas meias silhuetas — em meio a todas as texturas extraordinárias de escuridão — que parecem ser feitas de luz. Elas parecem quase estar suplicando uma para a outra, ou se esforçando para se unificar, e nesse esforço a unidade acontece como por milagre. Vou muitas vezes lá olhar para ela e nunca me canso de observar a resolução dessa tensão entre duas formas diante dos meus olhos. Gosto de pensar, obviamente fantasiando, que foi isso que L viu na noite em que divisou a mim e Justine nadando.

Muitos meses depois desses acontecimentos, chegou uma carta para mim com selo de Paris. Dentro dela havia outra carta. A segunda carta era de L. A primeira era de alguém chamada Paulette, que escreveu que vinha procurando meu endereço, já que tinha encontrado uma carta não endereçada no hotel em que L morreu, que ela acreditava ser destinada a mim. Ela tinha lido os numerosos artigos sobre L e concluído que devia ser eu a "M" da carta. Ela sentia muito que tivesse levado tanto tempo para me encontrar.

Eu a abri, Jeffers, com mãos que não tremiam tanto quanto você poderia imaginar. Acredito que tenha passado — e passei — a ver além da ilusão do sentimento pessoal, como L assim descreveu naquele dia no pântano. Tantos dos sentimentos apaixonados que me governaram vez ou outra desapareceram completamente de mim. Por que, então, eu deveria permitir que qualquer sentimento viesse reivindicar seu direito de se alojar no meu coração? Espero ter me tornado, ou estar me tornando, um canal limpo. Acho que, do meu próprio jeito, cheguei a ver algo daquilo que L viu no final e registrou nas pinturas noturnas. A verdade não está em nada que explique a realidade, mas no lugar em que o real se move para além da nossa interpretação dele. A verdadeira arte é buscar capturar o irreal. Você concorda, Jeffers?

M

Você me disse que não era uma boa ideia vir para cá? Se disse, então estava certa. Você estava certa em relação a uma boa quantidade de coisas, se isso muda algo. Algumas pessoas gostam de ouvir isso.

Bem, esta é a beira do precipício, e eu caí dela. Estou num hotel que é frio e sujo. A filha de Candy deveria ter vindo me buscar, mas isso já faz três dias e não sei se ela em algum momento virá.

Sinto falta da sua casa. Por que as coisas são mais genuínas depois, e não quando elas acontecem? Gostaria de ter ficado, mas naquele momento eu quis ir embora. Gostaria que tivéssemos conseguido viver juntos em harmonia. Agora não entendo por que não conseguimos.

Sinto muito pelo que causei a você.

Estou no inferno.

L

Second Place © Rachel Cusk, 2021. Todos os direitos reservados.

Todos os direitos desta edição reservados à Todavia.

Grafia atualizada segundo o Acordo Ortográfico da Língua Portuguesa de 1990, que entrou em vigor no Brasil em 2009.

capa
adaptação da capa original de
Rodrigo Corral para Faber & Faber
arte de capa
Ilse D'Hollander. *Untitled*, 1996. Guache sobre papel.
28 × 20,2 cm © The Estate of Ilse D'Hollander.
Cortesia The Estate of Ilse D'Hollander and Victoria Miro
preparação
Erika Nogueira Vieira
revisão
Ana Maria Barbosa
Jane Pessoa

Dados Internacionais de Catalogação na Publicação (CIP)

Cusk, Rachel (1967-)
Segunda casa / Rachel Cusk ; tradução Mariana
Delfini. — 1. ed. — São Paulo : Todavia, 2022.

Título original: Second place
ISBN 978-65-5692-265-2

1. Literatura inglesa. 2. Romance. 3. Ficção inglesa.
I. Delfini, Mariana. II. Título.

CDD 823

Índice para catálogo sistemático:
1. Literatura inglesa : Romance 823

Bruna Heller — Bibliotecária — CRB 10/2348

todavia
Rua Luís Anhaia, 44
05433.020 São Paulo SP
T. 55 11. 3094 0500
www.todavialivros.com.br

fonte
Register*
papel
Munken print cream
80 g/m²
impressão
Geográfica